Bolsillo Era

César Aira

Cómo me hice monja

CÉSAR AIRA

Cómo me hice monja

Ediciones Era

Edición original: Beatriz Viterbo Editora, 1993
Primera edición en Biblioteca Era: 2005
Primera edición en Bolsillo Era: 2017
ISBN: 978-607-445-477-2
DR© 2017, Ediciones Era, S.A. de C.V.
Centeno 649, 08400 Ciudad de México

Oficinas editoriales:
Mérida 4, Col. Roma, 06700 Ciudad de México

Impreso y hecho en México
Printed and made in Mexico

Portada: *El helado de Santi y Fausto*, Juan Carlos Oliver
Fotografía de César Aira: © Antonio Turok

www.edicionesera.com.mx

1

Mi historia, la historia de "cómo me hice monja", comenzó muy temprano en mi vida; yo acababa de cumplir seis años. El comienzo está marcado con un recuerdo vívido, que puedo reconstruir en su menor detalle. Antes de eso no hay nada: después, todo siguió haciendo un solo recuerdo vívido, continuo e ininterrumpido, incluidos los lapsos de sueño, hasta que tomé los hábitos.

Nos habíamos mudado a Rosario. Mis primeros seis años los habíamos pasado papá, mamá y yo, en un pueblo de la provincia de Buenos Aires del que no guardo memoria alguna y al que no he vuelto después: Coronel Pringles. La gran ciudad (era lo que parecía Rosario, viniendo de donde veníamos) nos produjo una sensación inmensa. Mi padre no demoró más que un par de días en cumplir una promesa que me había hecho: llevarme a tomar un helado. Sería el primero para mí, pues en Pringles no existían. Él, que en su juventud había conocido ciudades, me había hecho más de una vez el elogio de esa golosina, que recordaba deliciosa y festiva aunque no atinaba a explicar su encanto con palabras. Me lo había descripto, muy correctamente, como algo inimaginable para el no iniciado, y eso había bastado para que el helado echara raíces en mi mente infantil y creciera en ella hasta tomar las dimensiones de un mito.

Fuimos caminando hasta una heladería que habíamos localizado el día anterior. Entramos. Él pidió uno de cincuenta centavos, de pistaccio, crema americana y kinotos al whisky, y para mí uno de diez, de frutilla. El color rosa me encantó. Yo iba bien predispuesta. Adoraba a mi papá. Veneraba todo lo que viniera de él. Nos sentamos en un banco en la vereda, bajo los árboles que había en aquel entonces en el centro de Rosario: plátanos. Observé cómo lo hacía papá, que en segundos había dado cuenta del copete de crema verde. Cargué la cucharita con extremo cuidado, y me la llevé a la boca.

Bastó que las primeras partículas se disolvieran en mi lengua para sentirme enferma del disgusto. Nunca había probado algo tan repugnante. Yo era más bien difícil en la alimentación, y la comedia del asco no tenía secretos para mí cuando no quería comer: pero esto superaba todo lo que hubiera experimentado nunca; mis peores exageraciones, incluidas las que nunca me había permitido, se veían justificadas de sobra. Por una fracción de segundo pensé en disimularlo. Papá había puesto tanta ilusión en hacerme feliz, y eso era tan raro en él, un hombre distante, violento, sin ternuras visibles, que echar por la borda la ocasión pareció un pecado. Pasó por mi mente la alternativa atroz de tragar todo el helado, sólo por complacerlo. Era un dedal, el vasito más chico, para párvulos, pero ahora me parecía una tonelada.

No sé si mi heroísmo habría llegado a tanto, pero no pude siquiera ponerlo a prueba. El primer bocado me había dibujado en el rostro una mueca involuntaria de asco que él no pudo dejar de ver. Fue una mueca casi exagerada, en la que se conjugaba la reacción fisiológica y su acompañamiento psíquico de desilusión, miedo, y la trágica tristeza de no poder seguir a papá ni siquiera en este camino de placeres. Habría sido insensato intentar ocultarlo: ni siquiera hoy podría hacerlo, porque esa mueca no se ha borrado de mi cara.

–¿Qué te pasa?

En su tono ya estaba todo lo que vino después.

En circunstancias normales el llanto me habría impedido contestarle. Siempre tenía las lágrimas a flor de ojos, como tantos chicos hipersensibles. Pero un rebote del gusto horrendo, que me había bajado hasta la garganta y ahora volvía como un latigazo, me electrizó en seco.

–Gggh.

–¿Qué?

–Es... feo.

–¿Es qué?

–¡Feo! –chillé desesperada.

–¿No te gusta el helado?

Recordé que en el camino me había dicho, entre otras cosas cargadas de una agradable expectativa: "Vamos a ver si te gusta el helado". Claro que lo decía dando por supuesto que sí me gustaría. ¿A qué chico no le gusta? Los hay que, adultos, recuerdan su niñez como un prolongado pedido de helados y poca cosa más. Por eso ahora su pregunta tenía una resonancia de incrédulo fatalismo, como si dijera: "No puedo creerlo: también en esto tenías que fallarme".

Vi construirse la indignación y el desprecio en sus ojos, pero se contuvo todavía. Decidió darme una oportunidad más.

–Comelo. Es rico –dijo, y para demostrarlo se llevó a la boca una cucharada cargada del suyo.

Yo ya no podía retroceder. Estaba jugada. En cierto modo no quería retroceder. Se me revelaba que mi único camino a esta altura era demostrarle a papá que lo que tenía entre manos era inmundo. Miré el rosa del helado con horror. La comedia asomaba a la realidad. Peor: la comedia se hacía realidad, frente a mí, a través de mí. Sentí vértigo, pero no podía echarme atrás.

–¡Es feo! ¡Es una porquería! –quise ponerme histérica–. ¡Es asqueroso!

No dijo nada. Miraba el vacío delante de él y comía de prisa su helado. Yo había errado una vez más el enfoque. Lo cambié con aturdida precipitación.

–Es amargo –dije.

–No, es dulce –respondió con una contenida suavidad cargada de amenaza.

–¡Es amargo! –grité.

–Es dulce.

–¡¡Es amargo!!

Papá ya había renunciado a toda satisfacción que pudiera haber esperado de la salida, de la comunión de gustos, de la camaradería. Eso quedaba atrás, ¡y qué ingenuo de su parte, debía de estar pensando, en haberlo creído posible! No obstante, y sólo para ahondar más su propia herida, emprendió el trabajo de convencerme de mi error. O de convencerse él de que yo era su error.

–Es una crema muy dulce con gusto a frutilla, riquísima.

Yo negaba con la cabeza.

–¿No? ¿Y qué gusto tiene entonces?

–¡Es horrible!

–A mí me parece muy rico –dijo tranquilamente, y engulló otra cucharada. Su calma me espantaba más que cualquier otra cosa. Intenté hacer las paces por un camino retorcido, muy típico de mí:

–No sé cómo puede gustarte esa porquería –traté de darle un tonillo de admiración.

–A todo el mundo le gustan los helados –dijo lívido de furia. La máscara de paciencia caía, y no sé cómo yo todavía no estaba llorando–. A todo el mundo menos a vos, que sos un tarado.

–¡No, papá! ¡Te juro...!

–Comé ese helado –frío, tajante–. Para eso te lo compré, taradito.

–¡Pero no puedo...!

–Comelo. Probalo. Ni lo probaste.

Abriendo grandes los ojos por mi honestidad puesta en duda (tendría que haber sido un monstruo para mentir por gusto) exclamé:

–¡Te *juro* que es horrible!

–¡Qué va a ser horrible! Probalo.

–¡Ya lo probé! ¡No puedo!

Se le ocurrió algo y volvió a un nivel más condescendiente:

–¿Sabes qué debe ser? Que te dio impresión lo frío. No el gusto, sino lo frío que está. Pero enseguida te vas a acostumbrar y vas a ver qué rico es.

Me aferré a un clavo ardiente. Quise creer en esa posibilidad, que a mí no se me habría ocurrido en mil años. Pero en el fondo sabía que no valía la pena. No era así. Yo no tomaba habitualmente bebidas heladas (no teníamos heladera) pero las había probado y sabía bien que no era eso. Aun así, me aferré. Tomé con suma precaución una pizca de helado en la punta de la cucharita, y me la llevé a la boca mecánicamente.

Me resultó mil veces más asqueante que la vez anterior. Lo habría escupido, de saber cómo hacerlo. Nunca aprendí a escupir a distancia. Me chorreó por las comisuras de los labios.

Papá había seguido cada uno de mis movimientos de reojo, sin dejar de comer su helado a grandes cucharadas. Las tres capas de distintos colores iban desapareciendo velozmente. Con la cucharita aplastó la crema dejándola a nivel con los bordes del vasito de barquillo. En ese punto comenzó a comérselo. Yo no sabía que esos vasitos se comían, y me pareció una manifestación de salvajismo que desbordó la capa de mi espanto. Empecé a temblar. Sentí subir el llanto. Me habló con la boca llena:

–¡Probalo *bien*, idiota! Una buena porción para que puedas sentirle el gusto.

–Pe... pero...

Terminó el suyo. Arrojó la cucharita a la calle. Milagro que no se la comiera también, pensé. Con las manos libres, se volvió hacia mí, y supe que el cielo se me estaba cayendo encima.

–¡Comelo de una vez! ¿No ves que se está derritiendo?

Efectivamente, el copo de helado se estaba haciendo líquido, y unos arroyuelos rosa corrían por el borde del vasito y me goteaban sobre la mano y el brazo, y sobre mis piernas flacas bajo el pantalón corto. Eso me inmovilizaba definitivamente. Mi angustia crecía al modo exponencial. El helado se me aparecía como el más cruel dispositivo de tortura que se hubiera inventado. Papá me arrancó la cucharita de la otra mano y la clavó en la frutilla. La levantó bien cargada y me la acercó a la boca. Mi única defensa habría sido cerrarla, y no volver a abrirla nunca más. Pero no podía. La abrí, redonda, y la cucharita entró. Se posó en mi lengua.

–Cerrá.

Lo hice. Las lágrimas ya me velaban los ojos. Al apretar la lengua contra el paladar y sentir cómo se deshacía la crema, se formó un sollozo en todo mi cuerpo. No hice los movimientos de tragar. El asco me inundaba, me explotaba en el cerebro como un rayo. Otra cucharada bien cargada venía en camino. Abrí la boca. Ya estaba llorando. Papá me puso la cucharita en la otra mano.

–Seguí vos.

Me atraganté, tosí, y empecé a llorar a los gritos.

–Ahora estás encaprichado. Me lo hacés a propósito.

–¡No, papá! –tartamudeé de modo ininteligible. Sonaba: "pa no pa no no pa".

–¿No te gusta? ¿Eh? ¿No te gusta? ¿No ves que sos un tarado? –lloré–. Contestame. Si no te gusta no hay problema. Lo tiramos a la mierda y ya está.

Lo decía como si eso fuera una solución. Lo peor era que papá, por haber comido tan de prisa su helado, tenía la lengua entumecida y hablaba como yo nunca lo había oído, con una torpeza que me lo hacía más feroz, más incomprensible, muchísimo más temible. Creía que era la rabia lo que le endurecía la lengua.

–Decime por qué no te gusta. A todos les gusta y a vos no. Decime el motivo.

Increíblemente, pude hablar; pero tenía tan poco que decir.

–Porque es feo.

–No, no es feo. A mí me gusta.

–A mí no –imploré.

Me tomó el brazo y guió la mano con la cucharita hasta el helado.

–Tomalo y nos vamos. Para qué te habré traído.

–¡Pero no me gusta! Por favor, por favor...

–Está bien. Nunca más te vuelvo a comprar uno. Pero toma éste.

Cargué la cucharita mecánicamente. De sólo pensar que ese suplicio iba a seguir me sentía desfallecer. Ya no tenía voluntad. Lloraba francamente, sin embozos. Por suerte estábamos solos. Al menos esa humillación papá se la ahorró. Se había callado, no se movía. Me miraba con el mismo disgusto profundo, visceral, con que yo consideraba mi helado de frutilla. Yo quería decirle algo, pero no sabía qué. ¿Que el helado no me gustaba? Ya se lo había dicho. ¿Que el sabor del helado era inmundo? También se lo había dicho, pero era algo que no valía la pena decir, que aun después de decirlo seguía en mí, incomunicable. Porque a él le gustaba, le parecía exquisito. Todo era imposible, para siempre. El llanto me dobló, me quebró. Y no podía esperar ningún consuelo. La situación era inexpresable por ambos lados. Él tampoco podía decirme cuánto me despreciaba, cuánto me odiaba. Esta vez, yo había ido demasiado lejos. Sus palabras no me alcanzarían.

2

La discusión, como dije al terminar el capítulo anterior, había llegado a su fin, si es que puede hablarse de discusión. Habíamos caído en un silencio que ni siquiera el ruido entrecortado de mis sollozos alteraba en profundidad. Mi padre era una estatua, un bloque de piedra. Yo, estremecida, trémula, húmeda, con el vaso de helado en una mano y la cucharita en la otra, la cara roja y descompuesta en un rictus de angustia, no estaba menos inmovilizada. Lo estaba más, atada a un dolor que me superaba con creces, dando con mi infancia, con mi pequeñez, con mi extrema vulnerabilidad, la medida del universo. Papá no insistió más. Mi último y definitivo recurso habría sido terminar por mi cuenta el helado, encontrarle el gusto al fin, remontar la situación. Pero era imposible. No necesitaba que me lo dijeran. Ni siquiera necesitaba pensarlo. En mi suprema impotencia, tenía firmemente dominadas las riendas de lo imposible. La calle vacía bajo los plátanos, el calor asfixiante del enero rosarino, devolvían el eco de mis sollozos. En la quietud, el sol hacía dibujos de luz. Me caían lágrimas innumerables, y el helado se derretía francamente, los hilos rosa me corrían hasta el codo, desde donde goteaban a la pierna.

Pero no hay situación que se eternice. Siempre pasa algo más. Lo que sucedió entonces vino de mi cuerpo, de lo pro-

fundo, sin preparación alguna por la voluntad o la delibe-
ración. Una arcada me sacudió el plexo. Fue algo grotesco,
de caricatura. Era como si algo en mí quisiera demostrar
que tenía enormes reservas de energía, listas a desen-
cadenar en cualquier momento. De inmediato, otra, más
exagerada todavía. A los muchos estratos de mi miedo se
agregaba éste de ser presa de un mecanismo físico incon-
trolable. Papá me miró, como si volviera de muy lejos:

—Basta de farsa.

Otra arcada. Otra más. Otra. Eran una serie. Todas se-
cas, sin vómito. Parecían las frenadas de un auto loco. Frenadas ante el abismo, pero repetidas, como si el abismo se
multiplicara.

Un interés nació en el rostro de papá. Yo conocía tan
bien ese rostro, cetrino, redondo, con la calva prematura,
la nariz aguileña que heredó mi hermana, no yo, y el espacio excesivo entre la nariz y la boca, que él disimulaba con
un bigote bien recortado. Lo conocía tan bien que no necesitaba mirarlo. Era un hombre previsible. Al menos lo
era para mí. Yo también debía de ser previsible para él. Pero las arcadas lo habían sorprendido. Las miraba casi como
si yo me hubiera objetivado, como si hubiera salido de él,
de su destino. Yo seguía en la mía. Arcada. Arcada. Arcada.

Al fin amainaron, sin que hubiera llegado a vomitar. Ya
no lloraba. Me contenía, me aferraba a una triste paráli-
sis. Otra arcada remanente. Un hipo hepático.

—Pero será posible, la puta madre que te parió...

Vacilaba un poco. Debía de estar pensando cómo haría
para llevarme a casa. No sabía, pobre papá, que ya nunca
más me llevaría a casa. Aunque estoy segura de que si alguien se lo hubiera dicho en ese momento, habría sentido alivio.

Con todas las sacudidas, y siempre sin soltar el vasito,
yo me había asperjado de helado de pies a cabeza, ropa

incluida. De modo que su primera medida fue quitármelo; hizo lo propio con la cucharita de la otra mano. Yo era muy pequeña, muy menuda, inclusive para mis seis años recién cumplidos. Papá era un hombre grande, sin ser corpulento. Pero tenía dedos largos y finos (que yo sí he heredado), y me alivió de mis dos cargas con precisión. Buscó un lugar donde tirarlos. Pero no lo buscaba en realidad porque no había dejado de mirarme. Entonces hizo algo sorprendente.

Metió la cuchara en el vaso, en los restos del heladito rosa ya medio líquido, pero todavía manejable, la cargó y se la llevó a la boca. No insultaré la memoria de mi padre diciendo que no quería desaprovechar el helado ya pago. Estoy segura de que no era ése el caso. Podía tener gestos de tacaño, como los tenemos todos, pero no en una ocasión como aquélla. En su simplicidad de hombre de pueblo, era coherente. Estoy segura de que no concebía siquiera la posibilidad de complicar la tragedia. Prefiero pensar que quiso deleitarse, una sola vez, una sola cucharada, con el más cabal sabor del helado de frutilla. Como una última, secreta, sublime confirmación.

Pero se produjo un giro completo. Frunció los rasgos de inmediato en una mueca de asco, y escupió con fuerza. ¡Era inmundo! Yo estaba desorbitada (estaba desorbitada de antes, por las arcadas) y lo veía doble, o triple. Debería haberme transportado el conocido sentimiento de triunfo, el triunfo de los débiles de ver que se les da la razón *después* de lo irremediable. Algo de eso hubo, quizás, porque el hábito es fuerte. Pero no me sentí transportada. De hecho, no entendía bien qué podía estar pasando. Estaba tan arraigada en el desastre que buscaba otra explicación, más barroca, una vuelta de tuerca que *no* anulase lo anterior, como habría tendido a anularlo cualquier persona moralmente sana.

Se llevó el vasito a la nariz y olió con fuerza. Su gesto de disgusto se acentuó. Hubo esa impasse de movimientos imperceptibles que anuncia el paso a la acción. Él no era un hombre de acción; en ese aspecto era normal. Pero la acción a veces se impone. No me miró. En todo lo sucesivo de esa tarde funesta no volvió a mirarme. Aunque debo de haber sido un considerable espectáculo. Ni una sola vez volvió sus ojos a mí. Una mirada habría equivalido a una explicación, y ya era imposible explicarnos. Se levantó y fue adentro de la heladería, me dejó sola en el banco de la vereda, llorosa y enchastrada. Pero yo fui tras él.

–Señor...

El heladero alzó la vista del Tony. Quiso componer la cara porque adivinó que había problemas, y no acertaba a imaginarse de qué índole eran.

–Esta mierda de helado que me vendió está en mal estado.

–No.

–¡Cómo que no, carajo!

–No señor, todo el helado que vendo es fresco.

–Bueno, éste está podrido.

–¿Cuál es? ¿Frutilla? Me lo trajeron esta mañana.

–¡Qué mierda me importa! ¡Esto está podrido!

–Más fresco, imposible –insistió el hombre. Buscó rápidamente entre las tapas de aluminio de los tambores alineados en el mostrador, y abrió una–. Ahí está, sin empezar. Lo empecé con usted.

–¡Pero no me va a decir a mí!

–¿Qué culpa tengo yo si al pibe no le gustó?

Papá estaba rojo de furor. Le tendió el vasito.

–¡Pruébelo!

–Yo no tengo por qué probar nada.

–No... Usted lo va a probar y me va a decir si...

–No me grite.

A pesar de esta sugerencia sensata, los dos estaban gritando.

–Lo voy a denunciar.

–No me haga reír.

–¡Qué se cree!

–¡Qué se cree usted!

En realidad, habían llegado a una competencia de voluntades. Eso impedía que el problema encontrara su solución natural. Mi padre debía de saber que si él hubiera probado el helado de frutilla de entrada, las cosas no habrían llegado tan lejos. Pero no lo había hecho, y ahora le devolvían la misma moneda, que él no podía ver sino por el reverso, el de la malevolencia. Adiviné que estaba dispuesto a hacérselo probar por la fuerza. El otro, por su parte, se enfrentaba a una alternativa en la que creía tener todas las de ganar. Podía probar el helado, encontrarle o no algún sabor extraño, ligeramente amargo o medicinal, y embarcarse en una interminable discusión sobre lo incomunicable o indecible. En ese momento entraron dos chicos. El heladero los miró, con el triunfo pintado en el rostro.

–Dos de un peso.

Los de un peso eran grandes, de cuatro gustos. Dos pesos en aquellos años eran algo. La escena cambiaba radicalmente. Ahora ponía a la heladería bajo la luz de la prosperidad, de la normalidad, el ancho mundo entraba bajo la figura de esos dos adolescentes. Quedaba atrás la figura siniestra del loco reclamando por un matiz del sabor en un helado de diez centavos. Esa apertura de la situación significaba nuevas reglas. Reglas de racionalidad, que habían estado faltando. Toda relación, incluida (y sobre todo) la mía con papá, tenía sus reglas. Pero además estaban las reglas de juego generales del mundo. El heladero lo percibió con fluidez, y fue lo último que percibió. Sin alterar su gesto de triunfo, dijo:

–A ver qué pasa con esa frutilla.

Se dirigía más a los recién llegados que a papá. Era su definitiva demostración de dominio. Mi padre seguía con el patético vasito de helado derretido en la mano. El otro no probaría esa porquería: probaría su buen helado del tambor, fresco y virgen. Papá se alarmó. Se sentía derrotado.

–No, pruebe éste... –dijo. Pero lo dijo sin verdadera convicción. No tenía la razón de su parte. Y a la vez la tenía. Dentro de todo, le convenía reservarse esa carta. Si el helado del tambor se revelaba correcto, le quedaba el recurso del vasito.

El heladero alzó la tapa, tomó una cucharita limpia, raspó superficialmente y se la llevó a la boca como un conocedor. El gesto de asco fue instantáneo y automático. Escupió a un costado.

–Tiene razón. Está feo. No lo había probado.

Lo decía como si tal cosa. Como lo más natural del mundo. No pensaba pedir perdón. En realidad, no cuadraba. Fue demasiado para papá. El odio, el instinto destructor, se hizo presente con la contundencia de un mazazo.

–¿Y así me lo dice? ¿Después de...?

–¡No se altere! ¡Yo qué culpa tengo!

A esta altura, lo único que les quedaba, a los dos, para poder seguir adelante, era la violencia más desencadenada. No retrocedieron. Papá se lanzó por sobre el mostrador a abofetearlo. El heladero se hizo fuerte detrás de la caja registradora. Los dos chicos salieron corriendo, pasaron a mi lado (yo estaba clavada en el umbral, fascinada, hilvanando de modo enfermizo las distintas lógicas que se sucedían en la controversia) y miraron desde afuera. Papá había saltado al otro lado del mostrador y dirigía todas sus trompadas a la cabeza de su rival. El heladero era gordo, torpe, y no atinaba a devolver los golpes, sólo a cubrirse, y eso apenas. Papá gritaba como un energúmeno. Estaba fuera de sí. Un cross que acertó por casualidad en plena oreja hizo girar al heladero noventa grados. Quedó dándole la espalda, y papá lo tomó con las dos manos por la nuca, se le pegó con todo el cuerpo (parecía como si lo estuviera violando) y le metió la cabeza en el tambor de frutilla, que había quedado abierto.

–¡Te lo vas a comer! ¡Te lo vas a comer!

–¡Nooo! ¡Saquenmeló... ggh... de encima...!

–¡Te lo vas a...!

–¡Gggh...!!

–¡Te lo vas a comer!

Con fuerza hercúlea le hundía la cara en el helado y apretaba y apretaba. Los movimientos de la víctima se hacían espasmódicos, y más espaciados... hasta que cesaron por completo.

3

Nunca supe cómo salí de la heladería, cómo me sacaron... qué pasó... Perdí el conocimiento, mi cuerpo empezó a disolverse... literalmente... Mis órganos se hicieron viscosos... pingajos colgados de necrosis pétreas... verdes... azules... La única vida que producían era el ardor frío de la infección... de la descomposición... hinchazones... manojos de ganglios... Un corazón del tamaño de una lenteja latiendo aterido en medio de los despojos... un silbido irregular en la tráquea torcida... Nada más...

Yo había sido víctima de los temibles ciánidos alimenticios... la gran marea de intoxicaciones letales que aquel año barría la Argentina y países vecinos... El aire estaba cargado de miedo, porque atacaban cuando menos se los esperaba, el mal podía venir en cualquier alimento, aun los más naturales... la papa, el zapallo, la carne, el arroz, la naranja... A mí me tocó el helado. Pero hasta la comida hecha en casa, amorosamente... podía ser veneno... Los niños eran los más afectados... no resistían... Las amas de casa se desesperaban. ¡La madre mataba a su bebé con la papilla! Era una lotería... Tantas teorías contradictorias... Tantos habían muerto... Los cementerios se llenaban de pequeñas lápidas con inscripciones cariñosas... El ángel voló a los brazos del Señor... firmado: sus padres inconsolables. Yo la saqué barata. Sobreviví. Pude contar el cuento... pero a un precio de todos modos muy alto... Por algo dicen: lo barato sale caro.

La enfermedad se hizo doble en mí. Debería habérmelo esperado... en el caso inconcebible de que hubiera podido esperar algo. El mal se manifestó en una especie de equivalencia cruel. Mientras mi cuerpo se retorcía en las torturas del dolor, mi alma estaba en otra parte, donde por motivos distintos sufría lo mismo. Mi alma... la fiebre... En aquel entonces no se usaba bajar la fiebre con medicamentos... La dejaban cumplir su ciclo, interminablemente... Yo estaba en un delirio constante, me sobraba tiempo para elaborar las historias más barrocas... Supongo que tendría altos y bajos, pero se sucedían en una intensidad única de invención... Las historias se fundían en una sola, que era el revés de una historia... porque no tenía más historia que mi angustia, y las fantasmagorías no se posaban, no se organizaban... No me permitían siquiera entrar, perderme en ellas...

Uno de los avatares de la historia era la inundación. Yo estaba en mi casa... En la casa de Pringles que habíamos dejado al mudarnos a Rosario... que ya no era nuestra y donde no volveríamos a vivir. El agua subía, y yo en la cama mirando el techo paralizada... ni siquiera podía volver la cabeza para ver el agua... pero en el techo se reflejaban los bucles blanquecinos de la creciente... Era una ficción salida de la nada, porque nunca habíamos estado cerca de una inundación...

Otro: yo convidaba a mi familia con bombones envenenados... Cobertura de chocolate, una capa finísima de vidrio, y adentro arsénico alcohólico... No tenía antídoto... Lo irreparable... Papá aceptaba uno, mamá también... Yo quería volver atrás, me arrepentía, pero ya era tarde... Iban a morirse... la policía no tendría problemas en averiguar la causa... me interrogarían... Yo decidía confesar todo, llorar a mares, dejar que me arrastraran las aguas... Pero ni siquiera la muerte podía consolarme porque ¿cómo iba a vivir yo sin mi papá y mi mamá? Y lo peor era que nunca se había visto una hija que matara a sus padres... nunca...

Otro (pero eran distintas caras de la misma pesadilla): un animal nadando dentro de la casa inundada, una nutria... Nos mordía los pies si intentábamos caminar en el agua que subía... Si mi mano resbalaba de la sábana me comería los dedos uno por uno...

Otro más: yo seguía paralizada, la cabeza apoyada en una almohada alta, y mi mamá abría el armario con puertas de vidrio verde que había frente a la cama, donde yo guardaba mis libros... En realidad no tenía libros, era demasiado chica, no sabía leer... El pánico me cortaba la respiración... ¿Qué había ido a buscar en el armario mi mamá? ¿Acaso sabía...? Aprovechaba mi impotencia para... En cualquier momento lo encontraría... mi secreto... ¡Alto, mamá! ¡No lo hagas! ¡Te causará dolor, el dolor más grande de tu vida! Su dolor sería tan grande como mi vergüenza, mi espanto...

No necesito decir que yo no tenía ningún secreto... Nunca tuve secretos, y a la vez todo era secreto, pero secreto involuntario... El delirio daba el modelo, y algo más que el modelo... Mamá hurgaba en el armario... en medio de la inundación... ¡en lugar de tomar medidas más prácticas, como tomarme en brazos y ponerme a salvo, a campo traviesa, por las llanuras inundadas! La odiaba por eso... Ella seguía buscando, alucinada, aunque la nutria, de pronto mi cómplice, le roía los tobillos sumergidos... y yo sabía además que le quedaban minutos de vida, el veneno ya estaría actuando... si es que había comido el bombón, ¡y ojalá lo hubiera comido!

Ojalá... dentro de todo... Pero no. No era cuestión de

que pasara esto o aquello... Era una combinatoria, o mejor dicho un orden... Los hechos se ordenaban de otro modo... Se repetían... O mejor dicho, derivaban... En los peores momentos me preguntaba a mí misma: ¿estoy loca?

Por encima de estas historias se suspendía otra, más convencional en cierto modo, al mismo tiempo más fantástica. Funcionaba aparte de la serie, como un "fondo", todo el tiempo. Era una especie de cuento detenido... un episodio de terror, muy preciso y con detalles escalofriantes... La angustia que me provocaba hacía parecer en comparación un entretenimiento de fin de semana el delirio cuadripartito... Salvo que no era un detalle, un relámpago en el cielo tormentoso... Era todo lo que me pasaba... todo lo que me pasaría en una eternidad que no había empezado ni terminaría nunca... Yo estaba dibujada en un librito de cuento de hadas, me había hecho mito... y lo veía desde adentro...

Desde adentro... Yo estaba sola en casa. Papá y mamá habían tenido que ir a un velorio y me habían dejado encerrada... en aquella vieja casita de Pringles en la que ya no vivíamos... sola con mis cuatro historietas dando vueltas en la cabeza... mi corona de espinas... Las dos puertas estaban con llave, bajadas las persianas de madera de las ventanas... una caja fuerte para el tesoro de vida que tenían mis papás: yo. El realismo era minucioso, hermético... Pero cuando digo que estaba sola, que la casa estaba cerrada, que era de noche... no son circunstancias, no son elementos sueltos con los que armar una serie... La serie era exterior (la inundación, la nutria, los bombones, el secreto) y agotaba todas las reservas delirantes de mi fiebre... Aquí ya no quedaba sino el bloque de realidad inmanejable, el verosímil rabioso...

Me habían recomendado severamente que no le abriera a nadie, bajo ninguna circunstancia. ¡Como si fuera necesario! De eso dependía mi vida y algo más. Nunca me habían dejado sola antes (en la realidad nunca lo hicieron) pero esto era fuerza mayor... La primera vez siempre asusta, por lo que pueda pasar... Yo estaba segura de mí, la consigna era simple... No abrir. Podía hacerlo. Era fácil. Podían confiar en mí. Además, ¿quién iba a venir, a la medianoche...? Mi vida dependía de eso, mi integridad... ¿Quién, quién, quién podía venir?

¡Pero estaban llamando a la puerta de calle! ¡La estaban golpeando, como si quisieran echarla abajo! No era sólo que llamaran: querían entrar... ¿Para qué iban a quererlo sino para asesinarme? ¡Yyo estaba sola...! Debían de saberlo... lo sabían perfectamente, por eso venían... Eran ladrones, venían a desvalijar la casa, en la hipótesis más benévola... Estaba en mis manos impedirlo, pero mis manos eran tan débiles... Temblaba como una hoja, atrás de la puerta... ¿Por qué me habían dejado sola? ¿Qué era tan importante que tuvieran que abandonarme?

Lo peor es que... eran ellos... ¡Eran papá y mamá, los que llamaban a la puerta! Los dos monstruos habían adoptado la forma de mi mamá y mi papá... No sé cómo los veía, supongo que por el agujero de la cerradura, que alcanzaba poniéndome en puntas de pie... Me erizaba de pies a cabeza, me congelaba... al verlos tan idénticos... les habían robado las caras, la ropa, el pelo... a papá muy poco porque era calvo, pero los rulos rojos de mi mamá... Eran símiles perfectos, sin errores... ¡El trabajo que se habían tomado! Esos seres que no tenían forma, o no me la revelaban... esos simulacros... sus pésimas intenciones... El espanto me helaba la sangre, no podía pensar...

Sacudían la puerta con frenesí, no sé cómo no se venía abajo... Gritaban mi nombre, hacía horas que lo estaban gritando... con las voces de papá y mamá... ¡Las voces también! Un poco alteradas, un poco roncas... Habían tomado cognac en el velorio, y no estaban acostumbrados... se ponían como locos... Habían perdido la llave, o se la habían olvidado... cualquier cosa... la mentira era tan transparente... ¡Me insultaban! ¡Me decían cosas feas! Y yo lloraba de horror, muda, paralizada...

Papá saltaba el muro del patio, iba a la puerta de la cocina, empezaba a golpearla, a patearla... Yo cruzaba la casa oscura, como una sonámbula, me paraba frente a la otra puerta, le rogaba a Dios que resistiera... Mi plegaria era escuchada, por una vez... Volvía a la puerta de calle...

Y aunque quisiera abrirles, ¿cómo hacerlo? Estaba encerrada, no tenía la llave... ¿O sí la tenía?

Eso era secundario. ¿Quería o no quería abrirles? Por supuesto que no. No me engañaban... ¿O sí me engañaban? ¿Cómo saberlo? Eran exactamente como mis padres, más reales que la realidad... No sacaba el ojo del agujero de la cerradura, bebía esa escena irreal... Pero dentro de lo irreal eran ellos, ellos mismos, mis padres... No sólo en la máscara sino en los gestos, en los tics, en el estilo, en sus historias... Ése era mi modo de ver a mis padres, sobre todo a papá... con mamá era otra cosa... a él lo veía no en la persona exterior como podía verlo cualquiera... veía su modo de ser, su pasado, sus reacciones, su razonamiento... a mamá también, ahora que lo pienso... Y no porque yo fuera especialmente perspicaz sino porque ellos, por ser mis padres, no tenían forma, o no me la revelaban... se negaban a hacerlo... fue la tragedia de mi infancia y de toda mi vida... Mi mirada no podía detenerse en la visión, se precipitaba más allá, a un abismo, y yo atrás...

Los golpes eran atronadores, la casita se estremecía en sus cimientos... los gritos arreciaban... me decían todas las verdades que se me podían decir... ya sin palabras... no importaba porque yo entendía igual... ¿Pero no ves que somos nosotros? ¿No ves que somos nosotros, idiota? ¡Idiota!

¡No! Mis papás no me tratarían así... ellos me querían, me respetaban... Y sin embargo... a veces se ponían nerviosos... yo era una niña difícil... una niña problema en algún sentido... Los atacantes se aprovechaban de eso... toda la maldad del mundo era una arcilla con la que habían hecho esos dos muñecos atroces...

¿Qué sería de mí? ¿Caería en sus manos? ¿Entrarían? ¿Me daría un ataque de imprudencia y les abriría yo misma, sin pensar, llevada por un optimismo imbécil...? ¿Les creería?

¿Cómo saberlo? Eso era lo peor: que no hubiera desenlace... O mejor dicho: que lo hubiera. Porque si sólo faltara el desenlace, habría podido quedarme de algún modo tranquila, esperándolo... procrastinar, dejarlo para después... ¡Pero éste era el desenlace! Era y no era... Casi habría podido decir que no era nada. Porque no veía nada, el delirio no era lo bastante fuerte, o lo era demasiado... No veía la casa donde estaba encerrada, no veía a los maniquíes horrendos que la sitiaban... las almas de mamá y papá... No era una alucinación... ¡Qué descanso si lo hubiera sido...! Era una fuerza... una onda invisible...

Duró un mes. Increíblemente, sobreviví. Podría decir: me desperté. Salí del delirio, como se sale de la cárcel. El sentimiento lógico habría sido el alivio, pero no fue mi caso. Algo se había roto en mí, una válvula, un pequeño dispositivo de seguridad que me permitiera cambiar de nivel.

4

Cuando recuperé el sentido, me hallaba en la sala de pediatría del Hospital Central de Rosario.

Abrí los ojos a una experiencia nueva para mí. El mundo de las madres. Papá no fue a visitarme una sola vez. Pero ni un solo día dejé de esperarlo, con una mezcla de anhelo y aprensión que conservaba algo del encadenamiento de los delirios. Mamá sí estaba presente, y ella traía el aroma del espanto, como una sombra de papá. Era inevitable, porque yo había entrado para siempre en el sistema de la acumulación, en el que nada, nunca, queda atrás. No le pregunté por él. Mamá no era la misma. La veía distraída, inquieta, angustiada. No se quedaba mucho, decía que tenía que hacer, y yo entendía. En las otras camas había una madre o una tía o una abuela turnándose las veinticuatro horas. Yo estaba sola, abandonada en un orbe materno.

Había unos cuarenta chicos internados conmigo, por las más diversas causas, desde fracturas a leucemia. Nunca los conté, ni hice amistad con ninguno: ni siquiera le dirigí la palabra a nadie.

Tardaron una eternidad en darme de alta, así que toda la población se renovó durante mi estada, algunas camas hasta diez veces o más. Había de todo, desde chicos que parecían gozar de excelente salud y hacían una bulla fenomenal, hasta otros decaídos, inmóviles, dormidos... Yo era de estos últimos. La debilidad me tenía paralizada, en un sopor permanente. Durante largas horas, a partir de la media tarde, entraba en una especie de letargia. No movía siquiera las pupilas. Pasaba días enteros, semanas enteras, en ese estado; me sentía recaer en él sin haber salido, o sin haber tenido conciencia de salir... Y la caída era muy profunda...

Todos los días, a la peor hora, al comienzo de la peor hora, me visitaba el médico. Debía de estar interesado en mi caso: eran pocos los que sobrevivían a los ciánidos. Alguna vez le oí pronunciar la palabra "milagro". Si había milagro, era por completo involuntario. Yo no colaboraba con la ciencia. Por una manía, un capricho, una locura, que ni yo misma he podido explicarme, saboteaba el trabajo del médico, lo engañaba. Me hacía la estúpida... Debo de haber pensado que la ocasión era tan propicia que habría sido una pena desaprovecharla. Podía ser todo lo estúpida que quisiera, impunemente. Pero no era tan simple como la resistencia pasiva. La mera negativa era demasiado aleatoria, porque a veces la nada puede ser la respuesta acertada, y yo jamás habría dejado mi suerte en manos del azar. De modo que pudiendo dejar sus preguntas sin respuesta, me tomaba el trabajo de responderlas. Mentía. Decía lo contrario de la verdad, o de lo que me parecía más verdadero. Pero tampoco era tan simple como decir lo contrario... Él aprendió pronto a formular sus preguntas de modo que la respuesta fuera "sí" o "no", nada más. No habría tardado en aprender a traducir al opuesto, si yo mentía *siempre*. Y yo me había autoimpuesto el deber de mentir siempre; de modo que para protegerme debía hacer sinuoso el procedimiento, lo que no era tan fácil si uno debe responder por la negativa o la afirmativa, sin medias tintas.

A lo que debe sumarse otra autoimposición: la de no intercalar verdades en las mentiras. Esto último por miedo a no llevar bien la cuenta, y que el azar interviniera. No sé por qué lo hacía, pero me las arreglé. Algunas de mis maniobras (no sé para qué las cuento, como no sea para darle ideas a un enfermo): me hacía la sorda a una pregunta, y cuando él formulaba la siguiente, yo respondía a la anterior, con la mentira por supuesto; respondía, siempre falaz, a un elemento de la pregunta, por ejemplo a un adjetivo o a un tiempo verbal, no a la pregunta en sí: me preguntaba "¿era aquí dónde te dolía?" y yo contestaba "no" arreglándomelas, con un movimiento de las cejas, para darle a entender que no era ahí donde me *dolía* antes, pero me estaba doliendo ahora; él captaba esos matices, no se perdía uno, se desesperaba, se corregía: "¿es ahí donde te *duele*?": pero yo ya había pasado a otro sistema de mentir, a otra táctica... Debo decir en mi descargo que lo improvisaba todo. Aunque tenía verdaderos eones para pensar, nunca los usaba para eso.

–¿Cómo anda hoy don César? Qué bien se lo ve don César. ¿Ya quiere ponerse a jugar al fóbal don César? A ver cómo andamos don César...

Su alegría era contagiosa. Era un hombre joven, pequeño, de bigotito. Parecía venir de muy lejos.

Del mundo. Yo lo miraba poniendo una cara especial que había inventado, que significaba ¿qué? ¿qué? ¿de qué me está hablando? ¿por qué me hace preguntas difíciles? ¿no ve el estado en que estoy? ¿por qué me habla en chino y no en castellano? Él bajaba la vista, pero lo tomaba lo mejor que podía. Se sentaba en el borde de la cama y empezaba a palparme. Hundía un dedo aquí y allá, en el hígado, en el páncreas, en la vesícula...

–¿Duele aquí?

–Sí.

–¿Duele aquí?

–No.

–¿Aquí?

–Sí.

–¿Sí?

–...

Empezaba todo de nuevo, desorientado. Buscaba los lugares donde fuera imposible que no me doliera. Pero no los encontraba, no encontraba lo imposible, de lo que yo era dueña y señora. Yo tenía las llaves del dolor...

–¿Duele un poquito aquí?

Le daba a entender que el interrogatorio me había fatigado. Me largaba a llorar, y él trataba de consolarme.

Me ponía el estetoscopio. Yo creía poder acelerar el corazón a voluntad, y quizás lo hacía. Acto seguido empezaba a manipularme con mil precauciones. Se le ocurría auscultarme por la espalda, para lo cual debía sentarme, y le resultaba tan difícil como dejar parado un palo de escoba. Si lo conseguía al fin, yo me ponía a bambolear la cabeza con frenesí y a hacer arcadas. En ese punto la ficción se confundía con la realidad, mi simulacro se hacía real, tenía todas mis mentiras de verdad. Es que las arcadas tenían para mí un carácter sagrado, eran algo con lo que no se jugaba. El recuerdo de papá en la heladería las hacía más reales que la realidad, las volvía el elemento que lo hacía real todo, contra el que nada se resistía. Ahí ha estado desde entonces, para mí, la esencia de lo sagrado; mi vocación surgió de esa fuente.

Cuando el doctor se iba, me dejaba hecha una piltrafa. Lo oía hablar y reírse en las camas vecinas, oía las voces de los enfermitos respondiendo a sus preguntas... Todo me llegaba a través de una niebla espesa. Me sentía caer en un abismo... Mi mala voluntad no era deliberada. Era sólo mala voluntad, de la más primitiva, algo que se había apoderado de mí como la evolución se apodera de una especie. Me había hecho su presa durante la enfermedad, o quizás un poco antes, un paso antes, porque yo no era así normalmente. Al contrario, si algo me caracterizaba era mi espíritu de colaboración. Ese hombre, el médico, era una especie de hipnotizador que me transformaba. Lo peor era que me transformaba dejándome intacta la conciencia de mi mala voluntad.

Mamá no se perdía pasada del doctor... Se apartaba por discreción, se acercaba para ayudar en cuanto yo me hacía inmanejable... Tenía una verdadera ansiedad por sacarle datos. Él hablaba de un shock... No debía de ser un verdadero intelectual, porque mostraba mucho interés en lo que le contaba mamá. Se alejaban, cuchicheaban, yo no tenía idea de qué podía tratarse... No sabía que habíamos salido en los diarios. Él decía una vez más "shock", y lo repetía una y otra y otra vez...

Pero el médico y mamá eran apenas una breve diversión en mi jornada. El día se extendía con impávida majestad, se desenrollaba de la mañana a la noche. No se me hacía largo, pero me infundía una especie de respeto. Cada instante era distinto y nuevo y no se repetía. Era la definición misma del tiempo, y se efectuaba sin cesar, con todos... Hacía parecer tan pequeñas mis pequeñas estrategias malévolas, que me atontaba de vergüenza...

El día se encarnaba en Ana Módena de Colon-Michet, la enfermera. Había una sola enfermera en la guardia diurna de la sala; una sola para cuarenta pequeños pacientes... Puede parecer muy poco, y seguramente era poco. El Hospital Central de Rosario era una institución bastante precaria. Pero nadie se quejaba. Quien más quien menos, todos esperaban salir de él con vida, y todos con la irracional ilusión de no volver. Hasta los niños, sin saberlo, se ilusionaban.

Pero los días se estacionaban en la gran sala blanca y donde se volviera la vista, allí estaba la enfermera. Ana Módena era un jeroglífico viviente. No se iba nunca del hospital, no tenía ilusiones. Era un fantasma.

Las madres siempre estaban quejándose de ella, la combatían, pero debían de saber que era inútil. Las madres se renovaban todo el tiempo, mientras ella permanecía. Se forjaban y disolvían alianzas en su contra, y más de una vez hicieron participar a mamá, que débil de carácter como era, no sabía negarse ni siquiera cuando advertía que no le convenía. Las quejas se dirigían contra su brusquedad, su impaciencia, su grosería, su ignorancia rayana en la locura. Las madres se hacían una imagen (basada en su semana promedio de experiencia hospitalaria) de la enfermera ideal para el pabellón de niños, el hada de delicadeza y comprensión que debía ser, que sería cada una de ellas... No les resultaba difícil imaginárselo; sin saberlo se referían a la delicadeza y comprensión que habría que tener con *ellas*, y nadie sabe mejor que uno mismo cómo ser delicado y comprensivo con su propia persona. No se las podía culpar, eran mujeres pobres, ignorantes, amas de casa en desgracia. En nueve casos de cada diez sus hijos se habían enfermado por culpa de ellas... No se les podía impedir soñar... creían saber, y sabían realmente, cómo debía ser la buena enfermera. Su error era ir un paso más allá y pensar que esas cualidades podían reunirse en una mujer... Que Ana Módena, la enfermera-Perón de la Sala de Pediatría, coincidiera con *el opuesto* de esa imagen, las ponía en un estupor del que no percibían más salida que hacer un petitorio, o implementar una política... para que la echaran... Eran esos sueños los que la hacían un fantasma. Yo, que no entendía nada, entendía bien esto porque era una soñadora... Y también porque Ana Módena era un fantasma en otros sentidos. Siempre estaba apurada, atareadísima, como tenía que estarlo necesariamente la única enfermera en una sala de cuarenta camas. Pero nunca estaba disponible para nadie. Estaba ocupada con los otros, y los otros nunca eran uno... Me acostumbré a verla del amanecer al crepúsculo, de reojo desde mi horizontal, pasando a gran velocidad... Nunca se detenía... Es que no se ocupaba sólo de los niños en sus camas, sino de los que partían al quirófano, a los rayos... y lo hacía tan mal, según los susurros de las madres, que casi todo fracasaba por culpa de ella... Se le morían los chicos, decían... Se le mueren... se le mueren en las manos... Se le morían en las manos, decía la leyenda que a mí me rodeaba como un vendaje de filacterias parlantes... Dejaban de vivir cuando pasaban a ser los otros imposibles de su ocupación, de su velocidad... Pero esa repetición maldita no impedía que las madres la cortejaran, la mimaran, le dejaran propinas, le trajeran pastelitos... con un servilismo increíble, chocante... Después de todo, sus hijos, el mayor tesoro que tenían, estaban en sus manos.

Era una mujer gorda, corpulenta. Cuando caía sobre mí, era un elefante chapoteando en un charco... yo era el agua... Su torpeza tenía algo de sublime... Sufría de un mal extraño: para ella la izquierda era la derecha, y viceversa. Abajo era arriba, adelante era atrás... La extensión tan pobre de mi cuerpo se descuartizaba en sus manos... piernas, brazos, cabeza... cada extremo era afectado por una gravedad diferente... me fragmentaba en caídas, en desequilibrios... Con ella no valían mis simulaciones... me ponía en otra dimensión... eran partes súbitamente lejanas de mi cuerpo las que tomaban la iniciativa de simular por su cuenta... algo, no sabía qué... Sus manos, en las que se moría, amasaban una verdad absoluta...

Me mantenían en vida con suero. Ana Módena me renovaba los frascos, siempre a destiempo, y me pinchaba el brazo... Clavaba la aguja en cualquier parte. Me empezaba a chorrear la nariz. Todo lo que entraba por el brazo salía por la nariz, en un goteo constante. Era un caso rarísimo. A ella le parecía normal... En todo caso no era una prioridad para ella. Temprano a la mañana, antes de que llegara la primera madre, Ana Módena traía a la enana, y le hacía ejecutar sus ensalmos frente a cada cama, inclusive las vacías. La enana era una autista iluminada. La traía tomándola por los hombros como a un triciclo, la enana no parecía ver nada, era un mueble... Era de esos enanos de cabeza desmesurada... La ponía frente a una cama, a un niño dormido o demudado... se hacía un gran silencio en la sala... le daba un golpecito entre los omóplatos y la enana bisbiseaba un ave maría con raros movimientos de los bracitos...

—¡La Madre Corita los salvará, no los médicos! —tronaba Ana Módena.

El pasaje de la enana era como un cometa... Todo se hacía automático... Era la cura a ciegas: bendecía las camas ocupadas como las vacías... La religión entraba al mundo de la enfermedad, clandestinamente. Por otra parte, era un secreto a voces, y la primera salvedad que oponían las madres con ínfulas de decencia científica a los desvaríos de esa bestia... pero bastaba una reticencia del doctor, una recaída, un vómito, y ahí eran los Tráigame a la enanita, se lo ruego, señora, que me salve a mi ángel... Hipócritas. Y ella, austera: La Virgen salva, no la enana... Tráigame a la enanita, o me muero...

La Madre Corita era la verdadera consistencia del Hospital; la enfermera era apenas su representante. La enana impedía que el Hospital estallara en mil pedazos... y mi cuerpo hiciera lo mismo... la cabeza al norte, las piernas al sur, un brazo, un dedo... La fe en la enana era la coherencia... por ella corría el líquido de la vida, por el tubo, del brazo a la nariz... Pero había que creer. Había que simular no creer, y en realidad creer.

Entonces se me ocurrió que yo... podía llegar a un punto, en mis desmembramientos... en que no creyera en la enana. ¡Yo! ¡Justo yo, que creía en todo! ¡Y que dependía de que la creencia se sostuviera como un todo! ¡Yo, la hipnotizada!

¿Y si la enana fuera un simulacro? ¿Si yo *no podía* creer en ella? ¿Acaso no era lo mismo que me pasaba a mí? ¿No era yo una imposiblidad objetiva de creer? ¿Qué le impedía a la enana ser como yo? O, mucho peor, ¿por qué no iba a ser *yo* una especie de enana, una emanación de la enana...?

Necesitaba una confirmación. Quise arrancársela a Ana Módena... Quise ir al fondo. Y así fue que una mañana, cuando la tuve a tiro...

–Soñé con una enana.

–¿Qué?

–Que soñé con una enana.

–¿Qué? ¿Cuál?

La había desconcertado.

–Soñé con una enana que tenía una espina clavada en el corazón.

–¡¿Pero cuál enana?!

–Una enana... una enanana... nuena naana...

"Cuál" estaba fuera de cuestión... Mi maniobra consistía en darle a entender que yo tenía algo "difícil" que expresar. Debía recurrir a lo indirecto, a la alegoría, a la ficción lisa y llana. Y ella se veía arrastrada a lo mismo, a investigar esa sutileza... que se le escapaba... Y entonces empecé a mentir con la verdad (y viceversa) no sé cómo... A mí también se me escapaba... Mis estrategias se me morían en las manos... pero resucitaban agigantadas... En la desesperación de hacerse entender en una materia indócil por una niñita completamente entontecida por la miseria física, Ana Módena empezó a ayudarse con gestos... el gesto tomaba la delantera... Era una mujer precipitada, sin método: cayó en la trampa de la intuición que vuela a oscuras y da en el blanco antes de que el entendimiento pueda empezar a hacer lo suyo... Y el apuro, la torpeza, hicieron que todos los gestos se precipitaran unos sobre otros... por su parte. Por la mía, el desmembramiento me hacía gesticular en espejo... pero era un vértigo, la acumulación de significados de los mohínes y miradas y entonaciones se hacía excesiva... parecía acercarse a un límite, a un umbral... se acercaba más y más...

Y en ese momento algo se quebró. Creí que se quebraba no exactamente en mí, sino entre las dos. Pero no; fue en mí nada más. De ese instante data una curiosa falla perceptiva mía: no puedo entender la mímica, soy sorda (o ciega, no sé cómo habría que decirlo) al idioma de los gestos. Me ha sucedido después presenciar actuaciones de mimos... y mientras los niños de cuatro años a mi alrededor entienden perfectamente lo que se está representando y se desternillan de risa, yo no veo más que unos movimientos sin objeto, una gesticulación abstracta... Qué curioso, ahora que lo pienso, ningún mimo, ni los mejores, ni el mismo Marcel Marceau (a él lo entiendo menos que a cualquier otro) ha intentado nunca representar a un enano... Por qué será. El enano debe de ser lo irrepresentable para los gestos.

5

Por causa de mi enfermedad, empecé la escuela tres meses tarde, en junio. Todavía no me explico cómo me aceptaron a esa altura del año, cómo me pusieron entre los alumnos que habían empezado en término. Sobre todo tratándose de primer grado, del comienzo absoluto de la escolaridad (en mi época no existía el jardín de infantes), momento tan crucial y delicado. Menos todavía me explico por qué mamá insistió en hacerme ingresar, por qué se tomó el trabajo de conseguir que me tomaran, lo que no debe de haber sido fácil. Seguramente rogó, suplicó, se puso de rodillas. Eso era muy de ella; era su idea de la maternidad. Habrá pensado que no sabría qué hacer conmigo un año entero en casa. Pero el trabajo de llevarme a la escuela, irme a buscar, lavar y planchar los guardapolvos, comprarme los útiles, conseguir que le prestaran un libro de lectura usado, a la larga habrá hecho parecer poca cosa el alivio de tenerme ubicada durante las horas de la siesta. Habrá pensado que lo hacía por mi bien. No se le ocurrió que estar tres meses atrasada, los tres *primeros* meses, en primer grado, era excesivo hasta para mí. En fin. Hay que perdonar, y yo he perdonado. Tres meses no tienen por qué parecer más que tres meses, tres meses en bruto. Y la pobre mamá tenía demasiadas preocupaciones en aquel entonces. Claro que a la maestra, a la directora, es más difícil disculparlas. Quizás ellas estaban demasiado cerca de la problemática del aprendizaje, como mamá estaba demasiado lejos.

Las primeras semanas pasaron en forma de imágenes puras. El ser humano tiende a darle sentido a la experiencia mediante la continuidad, lo que sucede se explica por lo que sucedió antes: no puede sorprender que yo persistiera en mi reciente acomodación a Ana Módena y siguiera viendo gestos, mímica, historias sin audio, ante las cuales no podía hacer nada. Nadie me había explicado el objeto de la escuela, y yo estaba lejos de poder adivinarlo. Hasta ahí, el problema no me parecía grave. Lo tomaba, y con cierta obstinación, como un espectáculo, como una volatinería...

El drama empezó después... ¿Por qué será que el drama siempre empieza después de comenzado? La comedia, en cambio, parece empezar antes, antes del comienzo inclusive. Pero después las perspectivas se invierten... El drama se desencadenó en mí cuando comprendí que esa escena muda que presenciaba, esa mímica abstracta de maestra y alumnos, me concernía hasta el tuétano. Era *mi* historia, no una ajena. El drama había comenzado en el momento en que pisé la escuela, y estaba todo frente a mí, entero, intemporal, yo estaba y no estaba en él, estaba y no participaba, o participaba sólo por mi negativa, como un agujero en la representación, ¡pero ese agujero era yo! Al menos, y debería haberlo agradecido, había llegado a entender por qué el audio de la escena se me escapaba: porque no sabía leer. Mis compañeritos sí sabían. En esos tres meses habían aprendido, quién sabe por qué milagro, un abismo se había abierto entre ellos y yo. Un abismo inexplicado, un abismo precisamente porque era un salto que no admitía descripción, un vacío. Ni ellos, ni mucho menos yo, ni siquiera la maestra, podía decir cómo habían aprendido, en qué momento exacto. Era algo que había sucedido, y basta. Para la maestra (que tenía cuarenta años de experiencia en primer grado) era rutina: pasaba todos los años, había desarrollado una ceguera localizada.

El telón se levantó para mí un día, en el baño de varones de la escuela... Pero debo explicar algunas circunstancias, sin las cuales esta anécdota resultaría oscura.

Vivíamos en las afueras de Rosario, en un área modesta, y el distrito escolar correspondiente abarcaba una mayoría de niños de baja extracción social, de hogares que muchas veces bordeaban la miseria, o pertenecían de pleno derecho a ella. En aquel entonces los ahora llamados marginales asistían a la escuela, por lo menos a los primeros grados. Además, no existían gabinetes psicopedagógicos, ni escuelas diferenciales... El clima era muy bárbaro, muy salvaje, muy "struggle for life". Las peleas eran sangrientas, literalmente. El vocabulario que las acompañaba, brutal. Yo sabía lo que eran las malas palabras, inclusive sabía cuáles eran, pero por algún motivo nunca les había prestado mucha atención. Tenía algo así como un segundo oído para captarlas, y para trasladarlas a otro nivel de percepción. Había terminado por hacerme la idea de que tenían un sentido en bloque, un sentido-acción, y no estaba lejos de la realidad. Una sola cosa particular había salido de ese bloque. En general entre mis compañeros varones se pasaba de las palabras a los hechos cuando uno decía de pronto, ante la nebulosa (para mí) de malas palabras: "insultó a la madre".

En sí, ese detalle no presentaba dificultades para mí, porque estaba de acuerdo en que la madre era sagrada, y había notado que en el flujo de malas palabras solía estar la palabra "madre": creo que si me lo hubiera propuesto habría podido repetir la frase completa, de tanto que la había oído: "la puta madre que te parió". Ahora bien, salvo esa palabra central, el resto eran para mí sonidos sin significado. Yo era distraída a un grado difícil de concebir. Era distraída no porque me faltara inteligencia, sino porque no me importaban las cosas. La paradoja aquí era inmensa: porque a mí todo me importaba, todo me era montañas, ése era mi problema más que ningún otro... Era como si me faltara interés, pero yo *sabía* que era lo contrario. Este caso es un ejemplo. Yo debía de haber notado que a veces se decía "insultó a la madre" sin que la palabra "madre" hubiera sido pronunciada, pero lo había dejado pasar, y en retrospectiva, en bloque, pensaba cómodamente que sí se había dicho "madre" y que a mí se me había escapado. Una vez, sin embargo, no tuve más remedio que notar que no era así. Hubo una pelea en un recreo, cerca del molino que había al fondo del patio. En las peleas, todos iban a ver, se formaban unos círculos multitudinarios: eso hacía que nunca pasaran desapercibidas. Entonces alguna maestra acudía a interrumpir el box silvestre. Pero no cualquiera; había un grupito de maestras "bravas" que se atrevían (porque no era poca cosa, ir a meterse al avispero), sobre todo una, machona, enérgica. Fue ésta la que vino. Los contendientes, dos chicos de tercero, estaban cubiertos de sangre, los guardapolvos desgarrados, locos de excitación. La maestra los separó, no sin trabajo. Uno, más grande, se retrajo entre su barra de amigos. El otro se largó a llorar a gritos. Le había dado ese hipo de llanto... ¡Si lo conocería yo! La maestra pedía explicaciones a los gritos pero él no podía hablar. Era como si la pelea todavía persistiera en su corazón. Tan patético resultaba que la maestra lo abrazó y lo apretó contra su pecho. Adivinaba la explicación, que efectivamente salió entre sollozos turbulentos: "me insultó a la madre". Ella lo calmaba, lo apretaba... Es que esa clase de maestras, las bravas, podían entender eso, después de todo era el mismo mundo en que vivían ellas. El otro miraba de lejos, entre sus amigos, los ojos llameantes de furia y resentimiento... Y yo, mientras tanto, sentía resonar por primera vez la nota de una perplejidad sin límites: ¿madre? ¿qué madre? ¿de qué estaba hablando? ¿Por qué todos parecían darle la razón?

Yo había presenciado la riña desde el primer momento, estaba segura de no haberme perdido nada, y sabía que la palabra "madre" no se había pronunciado en ningún momento. Las otras sí, pero ésa no. Era tan obvio que no tuve más remedio que convencerme de que la madre estaba implícita. Y habiendo tantas cosas aptas para intrigarme, ésta lo hizo más que cualquier otra, y no pude sacármela de la cabeza.

Pues bien, un día en medio de la clase le pedí permiso a la maestra para ir al baño. Lo hacía siempre, y lo hacían todos. Yo, y supongo que con los demás pasaba lo mismo, ni tenía ganas ni calculaba el momento de pedir permiso. Era un súbito. El único triunfo pleno que puedo recordar de mi infancia. Para la maestra, ver la manito levantada, adivinar de qué se trataba (porque nunca era algo que valiera la pena, por ejemplo preguntarle en qué casos se usaba la b y en cuáles la v) y estallar, era todo uno: ¡Vaya! ¡Pero es el último! ¡El último! Y el que había tenido la brillante inspiración de pedir en aquel momento, en aquel momento que se revelaba como el último, salía corriendo loco de felicidad bajo las miradas de odio y amargura de todos los demás, que se sentían excluidos para siempre, sentían perdida la oportunidad... Pero la oportunidad se repetía, idéntica, y era consumada, cuatro o cinco veces cada hora de clase. Siempre la vivíamos como un absoluto, y la maestra repetía siempre su ultimátum, aunque nunca negaba el permiso, porque las maestras de primer grado vivían con el terror, el único efectivo en ellas, de que alguno se hiciera encima. Pero no lo sabíamos. Cosas de chicos. Lo que me asombra es que yo haya entrado tan bien en el juego. Más propio de mí, mucho más, habría sido aguantar hasta que se me reventara la vejiga. Pero no. Pedía sin ganas, como todos los demás. En eso me ponía a la altura de mi generación.

Había una coincidencia mágicamente repetida que quizás explique esta incongruencia de mi carácter. Cada vez que yo pedía ir al baño, dos o tres veces por día, en cualquier momento casual que caía del cielo, y atravesaba el patio desierto, otro chico también lo hacía, un chico de otro grado, no sé de cuál. Habíamos terminado por hacernos amigos. Se llamaba Farías. ¿O Quiroga? Ahora que quiero acordarme, se me mezclan los nombres. Quizás eran dos.

Esta vez, no faltó a la cita, que jamás habíamos soñado en concertar. Las paredes gris oscuro del baño estaban cubiertas de grafittis. Los chicos robaban tizas todo el tiempo para escribir ahí. Yo nunca les había dedicado sino la más distraída de las miradas.

Farías me señaló una de las escrituras, grande y reciente. Cuando pasaban unos días en la pared, los vapores amoniacales fortísimos del baño degradaban la tiza; ésta debía de ser del día, porque las letras brillaban de tan blancas, eran letras de imprenta, furiosamente legibles, aunque no para mí; yo veía sólo palos horizontales y verticales en una combinación disparatada. Hasta ese momento había creído que los grafittis del baño eran dibujos, dibujos incomprensibles, runas o jeroglíficos. Farías esperó a que yo lo "leyera", y después se rió. Yo me reí con él, sinceramente. ¡Qué dibujo gracioso! De veras me causaba gracia. ¡Qué idea!, pensé: ¡Dibujos incomprensibles! Pero algo me retuvo de comentarlo en voz alta; mi hipocresía tenía repliegues que a mí misma se me escapaban. Farías sí hizo un comentario, sobrador, alusivo... No recuerdo qué dijo. Era algo sobre la madre. Eso me bastó, para mi desgracia. Comprendí, y fue como si el mundo se me cayera encima.

Lo que comprendí fue qué significaba leer. ¡La madre estaba implicada ahí también! Lo que yo había tomado por dibujos, por una especie de álgebra rebuscada en la que se especializaban las maestras por motivos que no me incumbían, significaba en realidad lo que se decía, lo que podía decirse en todas partes, lo que yo misma decía. ¡Había creído que era cosa de la escuela, y era cosa del mundo! Eran las palabras, era el enmudecimiento de las palabras, la mímica, el proceso por el que las palabras se significaban... Comprendí que *yo no sabía leer*, y que los demás sí sabían. De eso se trataba, todo lo que había estado sufriendo sin saberlo. La magnitud del desastre se me reveló en un instante. No es que yo fuera muy inteligente, muy clarividente; eso se entendía en mí sin que yo pusiera casi nada de mi parte, y ahí estaba lo más horrible. Me quedé clavada frente a la inscripción, mirándola como si me hipnotizara. No sé qué pensé, qué resolví... quizás nada. Lo que recuerdo a continuación fue que en mi pupitre donde vegetaba tarde tras tarde abrí el cuaderno todavía en blanco, tomé el lápiz que todavía no había usado, y reproduje de memoria aquella inscripción, raya por raya, sin saber qué era eso pero sin equivocarme en un solo trazo:

LACONCHASALISTESPUTAREPARIO

Debo decir que Farías no lo había leído en voz alta, así que yo no sabía a qué sonidos correspondían esos dibujos. Pero mientras lo escribía, lo sabía. Es que saber nunca es un bloque. Se sabe parcialmente. Por ejemplo yo sabía que eran malas palabras, que era una nebulosa, que la madre estaba en cierto nivel de implicación, sabía de las violencias, de las peleas, del insulto a la madre, la furia, la sangre, el llanto... Otras cosas las ignoraba, pero estaban tan inextricablemente mezcladas con las que sabía que no habría podido discernirlas. De hecho, en este caso particular había cosas que yo ignoraría mucho tiempo más. Hasta los catorce años creí que los niños nacían por el ombligo. Y el modo en que me enteré de que no era así, a los catorce años, fue muy peculiar. Yo estaba leyendo en una Selecciones un artículo sobre educación sexual, y en un párrafo donde se hablaba de la ignorancia en que se mantenía a las niñas japonesas, encontré este ejemplo de enormidad: una joven japonesa de catorce años manifestó creer que los niños nacían por el ombligo. Era exactamente lo que creía yo, una joven argentina de catorce años. Salvo que desde ese instante sabía que no era así. Y no sé si con razón o sin ella, compadecí a la japonesita.

Aquel día, cuando volví a casa, no veía el momento de que mamá viera lo que había escrito. Pero no lo veía no tanto por anhelo como por terror. Sabía que pasaría algo terrible, pero no sabía qué. No saqué el cuaderno de la cartera, no se lo mostré a mamá. Ella fue a sacarlo y lo miró. Quién sabe por qué lo hizo; después de los primeros días, al comprobar que mi cuaderno volvía siempre en blanco, no lo había tocado en semanas. Quién sabe qué señal le mandé. Al leerlo gritó y se demudó. Siguió protestando todo el día, con la idea fija. Ese pequeño cartel le vino de perillas, porque desencadenó su espíritu combativo, que lo tenía y que los acontecimientos recientes habían tenido refrenado. Le dio aire. Al día siguiente entró conmigo a la escuela y tuvo una conferencia de una hora en la dirección con mi maestra. Me hicieron comparecer, pero por supuesto no me sacaron una palabra. Ni la necesitaban. Desde la galería abierta donde me quedé (del grado se había hecho cargo la Secretaria mientras duraba la reunión) oí los gritos de mamá, los insultos feroces con que cubría a la maestra, sus argumentos implacables (basados en que yo no sabía leer). Fue uno de los escándalos memorables de la Escuela 22 de

Rosario. Al fin, poco antes de que sonara la campana, la maestra salió de la dirección y se metió en el grado, que era el primero de la galería. Al pasar a mi lado ni me miró ni me invitó a seguirla: de hecho, no volvió a dirigirme la palabra ni la mirada en todo el año. Durante el recreo, mamá se fue: entre la barahúnda de chicos y maestras no la vi salir. Cuando volvió a sonar la campana, me metí en el aula como siempre y me senté en mi banco. La maestra se había recuperado un poco, no mucho. Tenía los ojos enrojecidos, estaba terrible. Para variar, se hizo un silencio de muerte. Los treinta pares de ojos infantiles se clavaban en ella. Estaba de pie frente al pizarrón. Quiso hablar, y le salió un cuac quebrado. Ahogó un sollozo. Con movimientos bruscos, de maniquí, dio un paso y acarició la cabeza de un niño sentado en un banco de adelante. Quiso poner mucha ternura en el gesto, y estoy segura de que de veras la tenía, quizás nunca en su vida había tenido más ternura en su corazón, pero sus movimientos eran tan rígidos que el chico se echó atrás asustado. Ella no lo notó y le acarició igual la cabecita piojosa. Lo mismo a otro, y a un tercero. Aspiró fuerte, y habló al fin:

–Yo digo siempre la verdad. Yo verdo siempre la digo. Yo niños. Yo soy la verdad y la vida. Yo vido. La verda. La niños. Soy la segunda mamá. La mamunda segú. Yo los quiero a todos por igual. Yo los igualo a todos por mamá. Les digo la verdad por amor. La amad por verdor. La mamá por mamor. ¡Por segunda verdanda! ¡A todos! ¡A todos! Pero hay uno... Uro hay peno... Uy ay pey...

La voz se le quebraba, demasiado aguda. Levantó el índice, vertical. Fue el único gesto que hizo en ese discurso memorable... El dedo estaba firme y ella era un temblor general; a continuación, y al mismo tiempo, el dedo temblaba y toda ella estaba firme como un metal... Las lágrimas le corrían por la mejilla. Continuó, tras la pausa:

–El niño Aira... Está entre ustedes, y parece igual que ustedes. Quizás ni lo han notado, tan insignificante es. Pero está. No se confundan. Yo les digo siempre la verda, la sunda, la guala. Ustedes son niños buenos, inteligentes, cariñosos. Los que se portan mal son buenos, los repetidores son inteligentes, los peleadores son cariñosos. Ustedes son normales, son iguales, porque tienen segunda mamá. Aira es tarado. Parece igual, pero igual es tarado. Es un monstruo. No tiene segunda mamá. Es un inmoral. Quiere verme muerta. Quiere asesinarme. ¡Pero no lo va a lograr! Porque ustedes van a protegerme. ¿No es cierto que van a protegerme del monstruo? ¿No es cierto...? Digan...

  –...
  –Digan "sí señorita".
  –¡Sí señorita!
  –¡Más fuerte!
  –¡¡Síí seeñooriitaa!
  –Digan "ñi sisorita".
  –¡Ri soñonita!
  –¡Más fuerte!
  –¡¡Ñoorriiñeesiireetiitaa!!
  –¡¡Máááas fueeerteee!!
  –¡¡Ñiiitiiiseetaaasaaañooooteeeriiitaaa!!
–Mmmuy bien, mmmuybien. Protejan a su maestra, que tiene cuarenta años de docencia. La maestra se va a morir en cualquier momento y después va a ser tarde para llorarla. El asesino la mata. Pero no importa. No lo digo por mí, que ya viví mi vida. Cuarenta años en primer grado. La primera segunda mamá. Lo digo por ustedes. Porque a ustedes también quiere matarlos. A mí no. A ustedes. Pero no tengan temor, que la maestra los protege. Hay que tener cuidado, de la yarará, de la araña pollito y del perro rabioso. Pero de Aira más. Aira es mil veces peor. ¡Tengan cuidado con Aira! ¡No se acerquen a él! ¡No le hablen, no

lo miren! Hagan como si no existiera. A mí ya me había parecido que era tarado, pero no sé... nnno sé... Nnno me daba cuenta... ¡Ahora sí me di cuenta! ¡No se ensucien con él! ¡No se enfermen con él! No le den ni la hora. No respiren cuando él está cerca, si es necesario muéranse de asfixia pero no le den bolilla. ¡El monstruo mata! Y sus mamás van a llorar si ustedes mueren. Me van a querer echar la culpa a mí, yo las conozco. Pero si se cuidan del monstruo no va a pasar nada. Hagan como si no existiera, como si no estuviera aquí. Si no le hablan ni lo miran, es inofensivo. La señorita los protege. La señorita es la segunda mamá. La señorita los quiere. La señorita soy yo. Yo digo siempre la verdad...

Así siguió un buen rato. En cierto punto empezó a repetir, y repitió todo lo que había dicho, como un grabador. Yo veía a través de ella. Veía el pizarrón donde ella misma había escrito: Zulema, zapato, zorro... con su caligrafía perfecta... La letra era lo más lindo que tenía. Y ya había llegado a la zeta... Yo la encontraba alterada, pero no me parecía que estuviera diciendo barbaridades. Todo me parecía transparente de tan real, y leía las palabras en el pizarrón... Leía... Porque ese día aprendí.

6

A todo esto, papá estaba preso por lo del heladero. Una tarde mamá me llevó a visitarlo. Era lógico, porque yo había estado en el centro de la desgracia, en el nudo. Ellos dos me culpaban y no me culpaban. No podían culparme, habría sido demasiado injusto, y al mismo tiempo no podían no culparme, porque todo había salido de mí. Y yo a mi vez podía y no podía culparlos de estos sentimientos. Sea como sea, uno de ellos, o los dos, habían decidido que era buena política llevarme a la hora de visita. Para dar imagen de familia y todo eso. Qué ingenuos eran. La cárcel de encausados de Rosario estaba lejos de casa, al otro lado de la ciudad. Tomamos un colectivo. En la mitad del viaje a mí me dio un ataque de angustia, sin motivo, y me largué a llorar. Se levantaba el telón de mi teatro íntimo. Mamá me miró sin asombro. Digo bien: sin.

–¿Se puede saber qué te pasa?

Yo no tenía nada muy preciso que decir, pero me salió algo totalmente inesperado, para ella y para mí también:

–¿Adónde está mi papá?

¡La voz que puse! Fue un graznido... Pero cristalino, sin nada de balbuceo.

Mamá echó una mirada alrededor. El colectivo estaba

atestado, y los que nos rodeaban se habían puesto a mirarnos, alertados por mi llanto. No atinó a decir nada.

–¿Adónde está mi papá? –empecé a levantar la voz.

Pobre mamá. Habría tenido motivos para pensar que se lo hacía a propósito.

–Ahora lo vas a ver –dijo sin comprometerse. Trató de cambiar de tema, de distraerme–: Mirá qué lindas flores.

Pasábamos frente a una casa con soberbios parterres en el jardín delantero.

–¿Está muerto?

Yo estaba lanzada. Los pasajeros del colectivo ya habían entrado en la historia, lo que me excitó fuera de toda medida. Porque yo era la dueña de la historia. Mamá me pasó un brazo por los hombros, me acercó a ella.

–No, no. Ya te dije –susurró bajando la voz a un nivel casi inaudible.

–¿Qué? –chillé.

–Shh...

–¡No te oigo, mamá! –grité sacudiendo la cabeza, como si temiera que la incertidumbre por mi papá me estuviera volviendo sorda. No tuvo más remedio que hablar alto:

–Ahora lo vas a ver.

–Sí, lo voy a ver. ¿Pero muerto?

–No. Vivo.

Yo palpaba el interés de la gente. El paisaje urbano se deslizaba por los vidrios de las ventanillas como un accesorio olvidado.

–Mamá, ¿adónde está papá? ¿Por qué no viene a casa?

Le di a esta pregunta una entonación que significaba: "no me mientas más. Portémonos como personas adultas. Tengo seis años, aparento tres, pero tengo derecho a la verdad".

Mamá me había dicho toda la verdad. Yo sabía que estaba preso, esperando el veredicto de ocho años por homicidio. Lo sabía todo. Estas dudas intempestivas mías no tenían razón de ser, como no fuera hacerle contar la historia para beneficio de unos perfectos desconocidos. Ella no podía creer (y yo tampoco) que su hija fuera capaz de una traición tan idiota. Pero la angustia que yo estaba desplegando en el colectivo era demasiado real. Como siempre, me las arreglaba para confundirla. Era fácil: no tenía más que confundirme a mí misma.

–Está enfermo –me dijo, otra vez inaudible, en un susurro–. Por eso vamos a visitarlo.

–¡¿Enfermo?! ¿Se va a morir? ¿Como la abuelita?

Una de mis abuelas había muerto antes de nacer yo. La otra gozaba de buena salud, en Pringles. Nunca se hablaba de "abuelita" en casa. Era un detalle que incluí para dar verosimilitud a la escena.

–No. Se va a curar. Como vos. ¿No estuviste enfermo y te curaste?

–¿Le hizo mal el helado?

Así seguí hasta que llegamos, mamá todo el tiempo tratando de hacerme callar, yo alzando la voz hasta hacer un verdadero escándalo.

Cuando bajamos, no me dijo nada, no me pidió explicaciones. Yo sentí que mi teatro había terminado, había terminado mal, y ella estaba avergonzada de mí... La angustia se multiplicó, y volví a llorar, con muchísimo más ahínco que antes. Lo lógico habría sido que se detuviera en la plaza, que esperáramos sentadas en un banco hasta que se me pasara. Pero mamá estaba cansada, harta de mí y de mis trucos, y enfiló directamente a la cárcel. Mis ojos se secaron. No quería que papá me viera llorosa.

Era la hora de visitas, por supuesto. Hicimos la cola, una señora que me pareció bastante amable nos palpó, revisó la bolsita de red con comida que traía mamá y nos dejó pasar. Ya estábamos en el patio de visitas. Papá se hizo esperar un rato. Mamá, pensativa y sola (no hablaba con las otras mujeres) me dejó en libertad para explorar.

El patio estaba rodeado de entradas y salidas. No daba impresión de hermetismo como debería haberse esperado. Es inevitable que uno se haga una idea romántica de una cárcel, aunque, como era mi caso, yo no supiera lo que era el romanticismo. Ni una cárcel, para ser sincera. Ésta daba una sensación de realismo acentuada y destructora: las ideas previas, aunque no las hubiera tenido, caían.

Me dirigí a una puerta, atraída como por un imán. Noté con un trasfondo de conciencia que había otros chicos en el patio, todos de la mano de sus madres. Un fuerte sol de otoño volvía blancas las superficies. Era una hora algo adormecida. Me sentí invisible.

Lo que más se acercaba a la cárcel en mi experiencia era el hospital. En ambos casos se trataba de encierros prolongados. Pero había una diferencia. Del hospital no se podía salir por una causa interna: el paciente, como yo había demostrado, estaba imposibilitado de moverse. De la cárcel en cambio no se podía salir por otro motivo. No sabía bien cuál: la fuerza era un concepto todavía confuso para mí. Me hice una idea mixta, cárcel-hospital. Había un invisible que se trasladaba de uno a otro. El desvanecimiento de la enfermedad, y una transferencia al prójimo de la conciencia enferma... Era el plan de evasión perfecto. Quizás papá podría volver a casa con nosotras... En este edificio demasiado realista, yo irradiaba mi magia... Si papá estaba aquí por mi culpa...

Pero mi magia empezó actuando sobre mí: una ensoñación melancólica transportó de pronto mi alma a una región muy lejana. ¿Por qué yo no tenía muñecas? ¿Por qué era la única niña del mundo que no tenía una sola muñeca? Tenía un papá preso... y no tenía una muñeca que me hiciera compañía. Nunca la había tenido, y no sabía por qué. No por pobreza o avaricia de mis padres (eso nunca es obstáculo para un niño), sino por otra razón misteriosa... Dentro del misterio, empero, la pobreza era una razón. Y ahora lo iba a ser más. Ahora íbamos a ser pobres de verdad, mamá y yo, abandonadas, solas. Por eso mismo, la muñeca se me presentó como un deseo agudo, doloroso. Con mi habitual estilo dramático, me dejé invadir por un discurso nostálgico, lleno de variaciones. La muñeca había desaparecido para siempre, antes de que yo aprendiera las palabras con las que pedirla, y dejaba un hueco aspirante en el centro de mis frases... Me vi como una muñeca perdida, arrumbada, sin niña...

Eso era yo. La niña que no era. Viva, estaba muerta. Si yo estuviera muerta, papá estaría en libertad. Los jueces se habrían compadecido del padre que se cobraba vida por vida, sobre todo si una vida era la de su hija adorada, y la otra la de un completo desconocido. Pero yo había sobrevivido. Yo me conocía. No era la misma de antes. No sabía cómo ni por qué, pero no era la misma. Por lo pronto, mi memoria había quedado en blanco. Antes del incidente en la heladería, no recordaba nada. Quizás tampoco eso lo recordaba bien. Quizás se había hecho en realidad un trueque de vidas: la del heladero por la mía. Yo había empezado a vivir con su muerte. Por eso me sentía muerta, muerta e invisible...

Cuando esta reflexión cesó, estaba en otro lugar. En un interior. ¿Cómo había llegado ahí? ¿Dónde estaba papá? Esta última pregunta fue la que me despertó. Me despertó porque se parecía tanto a mis sueños. Estaba sola, abandonada, invisible...

O había subido una escalera sin darme cuenta, o, más probable, el edificio tenía sótanos reformados. Porque, al extremo de un pasillo solitario que recorrí volviéndome noventa grados con la intención de regresar al patio y abrazar a mi papá, me encontré en una suerte de plataforma que colgaba sobre un recinto cuadrado, dividido por rejas a la mitad. No sin alarma, creí haber llegado demasiado lejos. Buscando la salida, con la desesperación que tan bien conozco, cometí el error que me faltaba: desconfié de volver sobre mis pasos, y entonces me metí por el primer agujero que encontré, un agujero situado en la pared, donde debían de estar haciendo algunas reformas; era un hoyo, casi una grieta, de cuarenta centímetros de alto y veinte de ancho como mucho, a la altura del zócalo. Lo vi como el atajo perfecto para volver al punto de partida. Fui a parar a una especie de cornisa a diez metros del piso. Me deslicé por ella pegada a la pared (le tenía terror a la altura). El techo estaba cerca. De lo que había abajo, como no me acerqué al borde irregular, sólo vi un pasillo. Además, estaba bastante oscuro. La cornisa, que en realidad era el resto de un cielo raso de yeso, terminaba en un cubículo en el que me metí. Era un tragaluz. Un espacio de un metro por un metro, y las paredes de dos o tres metros de alto; arriba, un cuadrado de cielo. En las cuatro paredes, a la altura de mis pies, cuatro ranuras que daban a profundos cuartos en sombras. Una vez ahí adentro, me quedé quieta. Me senté en el piso. Pensé: voy a pasar toda la noche aquí. Eran las cuatro de la tarde, pero para mí había empezado la noche. No podía avanzar más porque ese lugar no tenía salida. Y no se me ocurrió volver... En esto último era coherente. La actitud de mis padres para conmigo tenía siempre el fondo de "esta vez has ido demasiado lejos". Nunca era de "has vuelto desde demasiado lejos", seguramente porque de ahí no se volvía.

Tanto como para ocupar el tiempo, y acallar otras preocupaciones, pensé en papá. Lo multipliqué por todos los hombres que había allí adentro, los hombres desesperados, los expulsados de la sociedad, que no podían abrazar a sus hijos... Y yo allá arriba, planeando inmóvil sobre todos ellos... Yo era el ángel. Eso no podía asombrarme. Todas las peripecias que habían sucedido, desde el comienzo, desde el momento en que probé el helado de frutilla, me conducían a ese punto supremo, a ser el ángel... El ángel de la guarda de todos los criminales, de los ladrones, de los asesinos...

Todos los hombres presos eran mi papá. Y yo lo amaba. Si antes, al estar en sus brazos, al ir de su mano, había creído amarlo, ahora sabía que el amor era más, mucho más, que eso. Había que ser el ángel de la guarda de todos los hombres desesperados para saber qué era el amor.

Fue una experiencia mística, que duró muchas horas. La experiencia de la contigüidad absoluta con el hombre, que sólo puede vivir su ángel. Ni siquiera la falta de alas pudo sacarme de mi idea. Al contrario: con alas yo habría podido marcharme, por ese cuadrado de cielo que veía encima.

Fue, como digo, un episodio prolongado. Duró toda la tarde y toda la noche. Me encontraron a las diez de la mañana siguiente. La busca a que dio lugar mi desaparición, la viví como una fantasía en ausencia (yo sabía a qué atenerme). Inclusive oí voces que me llamaban; las oí sonar por altavoces: "el niño César Aira...", "el niño César Aira..." Eso ya no era una fantasía, una reconstrucción mental. Eran voces a las que debía responder. Y a las que quería responder, decir por ejemplo: "aquí estoy, socorro, no sé cómo bajar". Pero no podía. En la impotencia, me adelantaba a los hechos. Inventaba una escena en la que yo le explicaba al director de la prisión lo que había pasado en realidad: "fue mi papá. Él me atrapó y me llevó a un lugar... me escondió para usarme como rehén en la fuga que planea con sus cómplices..." Todo eso se me podía perdonar, el mismo papá podía perdonarme, considerando mi inocencia, mi carácter, mis temores... Aun así, por puro lujo de conciencia, lo mejoraba: "pero mi papá lo hizo obligado por el Rey de los Criminales, él nunca le haría eso a su propia hija..." Y temiendo que el Director se hiciera una idea errónea, aclaraba: "Pero mi papá no es ese Rey..." Me embarcaba en lo complicado de la mentira. El mentiroso experimentado sabe que la clave del éxito está en fingir bien la ignorancia de ciertas cosas. Por ejemplo, de las consecuencias de lo que está diciendo. Es como hacer que sean los otros los que inventen. "Eso sí, no oí a papá hablar del Rey... eran los otros los que hablaban de él, con miedo, con reverencia... A papá lo llamaban... Su Jamestad... No sé por qué, mi papá se llama Tomás..." El director de la cárcel caería en la celada. Pensaría: es demasiado complicado para no ser cierto. Siempre tenían que pensar lo mismo, es la regla de oro de la ficción. Me creería plenamente. Papá, no; papá conocía mis trucos, él *era* mis trucos... Lo sabría, y me lo perdonaría, así le costase diez años más de cárcel... No eran exactamente las reflexiones de un ángel. El altavoz (ya era de noche, las estrellas brillaban en el cielo) barría la cárcel llamándome: "salí de tu escondite, César, tu mamá te está esperando para llevarte a tu casa..." Voces de mujer, de las asistentes sociales... La voz de la misma mamá... inclusive creí oír, con una dolorosa palpitación, la voz adorada de papá, que hacía tantos meses que no oía, y ahí sí habría deseado tener alas, precipitarme... Pero no podía. Ésa era la sensación más repetida de mi vida, tanto que era mi vida misma, yo no tenía más vida que ésa: oír una voz, entender las órdenes que me daba esa voz, querer obedecer, y no poder... Porque la realidad, que era el único campo en el que habría podido actuar, se separaba de mí a la velocidad de mi deseo de entrar a ella...

En este caso, y quizás también en todos los otros, tuve

el maravilloso consuelo de saberme un ángel. Eso transformaba la situación, la volvía un sueño, pero como realidad. Era una transformación de la realidad. Los crueles delirios que había sufrido durante la fiebre eran una transformación, pero de signo opuesto. El sueño real era la forma de la realidad como felicidad, como paraíso. En el mismo movimiento la realidad se hacía delirio o sueño, pero el sueño también se hacía sueño, y eso era el ángel, o la realidad.

7

Llegó el invierno, y mamá se hizo planchadora. Pasábamos encerradas las tardes eternas, escuchando la radio, ella con la espalda curvada sobre las telas humeantes, yo con la vista fija en mi cuaderno, las dos con el alma bailoteando en los más curiosos lugares. Nos habíamos hecho una rutina inmutable. A la mañana la acompañaba a hacer los mandados, almorzábamos temprano, me llevaba a la escuela, me iba a buscar a las cinco, y ya no volvíamos a salir. Nos perdíamos por los caminos de la radio, por un laberinto que puedo reconstruir paso a paso.

Todo este relato que he emprendido se basa en mi memoria perfecta. La memoria me ha permitido atesorar cada instante que pasó. También los instantes eternos, los que no pasaron, que encierran en su cápsula de oro a los otros. Y los que se repitieron, que por supuesto son los más.

Pues bien: mi memoria se confunde con la radio. O mejor dicho: yo soy la radio. Por gracia de la perfección sin fallas de mi memoria, soy la radio de aquel invierno. No el aparato, el mecanismo, sino lo que salió de ella, la emisión, el continuo, lo que se transmitía siempre, inclusive cuando la apagábamos o cuando yo dormía o estaba en la escuela. Mi memoria lo contiene todo, pero la radio es una memoria que se contiene a sí misma y yo soy la radio.

No concebía la vida sin la radio. Es que, en realidad, si uno se decide a definir la vida como radio (y es una pequeña operación intelectual que vale tanto como cualquier otra), se da automáticamente una plenitud sobre la cual vivir. Para mamá también era importante, era una compañía... Hay que tener en cuenta que la desgracia nos había golpeado inmediatamente después de nuestro traslado a Rosario, donde no teníamos parientes ni amistades. Las circunstancias fueron poco propicias a hacer estas últimas, de modo que mamá estaba sola de toda soledad... Estaba yo, claro, pero yo, aun siendo todo, era muy poco. Ella era una mujer sociable, conversadora... Sin hacerse el propósito, fue conociendo gente, entre los comerciantes donde hacía las compras, entre los vecinos, después entre su clientela de la plancha. Todos estaban ávidos de su historia reciente, que ella contaba una y otra vez... Se repetía un poco, pero eso era inevitable. Su vida estaba dirigida fatalmente a la sociedad, aquel invierno fue apenas un paréntesis... La radio cumplía una función; en su caso era instrumental: le devolvía sus partes dispersas, le devolvía su coherencia de señora, de ama de casa... Yo en cambio lograba una identificación plena con las voces del éter... Las encarnaba.

Esas tardes, esas veladas en realidad, porque se hacía de noche muy temprano, y más en nuestra pieza, tenían una atmósfera de abrigo, de refugio, en la que sobre todo yo me complacía al extremo, no sé por qué. Eran una especie de paraíso, y como todos los paraísos logrados a muy bajo costo, se parecía a un infierno. El trabajo de la plancha obligaba a mamá a ese encierro, al que se prestaba por otra parte de buen grado, complacida en el paraíso aparente, porque no era una mujer que viera más allá de las apariencias. Su reingreso a la sociedad tendría que esperar. Yo me arrojaba como un vampiro sobre la ilusión: vivía de la sangre del paraíso fantasmal.

En ese tipo de situaciones, lo que domina es la repetición. Un día se hace igual a todos los otros. La emisión de la radio era todos los días distinta. Y a la vez se repetía. Se repetían los programas que seguíamos... No habríamos podido seguirlos si no se repitieran; habríamos perdido el rastro. Por otro lado, los locutores leían siempre las mismas propagandas, que yo me había aprendido de memoria. Nada nuevo por ese lado, ya que en mí la memoria era, y sigue siendo, lo primero. Las repetía en voz alta a medida que ellos las decían, una tras otra. Lo mismo las presentaciones de los programas, y la música que las acompañaba. Me callaba cuando empezaba el programa en sí.

Seguíamos tres radioteatros. Uno era la vida de Jesucristo, en realidad la infancia del Niño Dios; era un programa de sesgo infantil, auspiciado por una marca de maltas, bebida que yo nunca había probado a pesar de los panegíricos que se hacían, siempre iguales (yo repitiendo sobre la voz del locutor), de sus propiedades nutritivas y promotoras del crecimiento. Jesús y sus amiguitos eran una pandilla simpática, que incluía un negro, un gordo, un tartamudo, un forzudo; el Mesías niño era el caudillo, y operaba un pequeño milagro pueril por capítulo, como para ir practicando. No era infalible, todavía, y solían meterse en problemas en su afán de ayudar a los pobres y descarriados de Nazaret; pero siempre las cosas terminaban bien, y la voz grave y retumbante del Padre, o sea Dios, daba al final la moraleja, o sabios consejos en su defecto. Esos chicos se habían vuelto mis mejores amigos. Adoraba tanto sus aventuras y travesuras que mi fantasía trabajaba a toda velocidad imaginando variantes o soluciones para sus peripecias; pero al fin siempre me conformaba más el desenlace propuesto por los guionistas: claro que yo no sabía que había guionistas. Para mí era una realidad. Una realidad que no se veía, de la que sólo se oían las voces y ruidos. Las visiones las ponía yo. Salvo que dentro de esa realidad estaba la voz del Padre, mi momento favorito, en el que todos, ya no sólo yo, tenían que poner la visión. Dios era la radio dentro de la radio.

El segundo radioteatro también era de historia, pero profana, y argentina. Se llamaba Cuéntame Abuelita, y ponía en escena, en una especie de prólogo siempre igual, a la anciana Mariquita Sánchez de Thompson y a sus nietos, que cada vez le pedían el relato de algún hecho de la historia patria, de la que la dama había sido testigo presencial. Una vez era la Primera Invasión Inglesa, otra la Segunda, o algún episodio durante cualquiera de ambas, o las jornadas de Mayo, o una fiesta en el Virreynato, o bajo la Tiranía, o algún pasaje de la vida de Belgrano o de San Martín... Lo que me encantaba era el azar del tiempo, la lotería de años; yo no sabía nada de historia, por supuesto, pero los diálogos preliminares, las adorables vacilaciones en la voz de la viejecita, dejaban bien en claro que se trataba de una extensa playa de tiempo en la que se podía elegir... Y la memoria de la Abuelita parecía frágil, pendiente de un hilo a punto de cortarse... pero una vez lanzada, su voz cascada se borraba y en su lugar aparecían los actores del pasado... Ese reemplazo era lo que más me gustaba: la voz que vacilaba en el recuerdo, la niebla, a la que se superponía la claridad ultrarreal de la escena tal cual había sido...

Este radioteatro no era ni para niños ni para adultos, y a la vez era para unos y para otros. Era algo intermedio: a los adultos les recordaba lo que habían aprendido en la escuela, a los niños les señalaba lo que recordarían cuando lo aprendieran. Doña Mariquita y sus nietos formaban un bloque: ella era la eterna niña... Su memoria débil y senil, en realidad era formidable: las escenas de su vida remota revivían no como se revive el pasado habitualmente, como cuadros mudos, sino en cada una de sus inflexiones sonoras, hasta el último suspiro o roce de una silla al ponerse de pie precipitadamente el caballero virreynal muerto sesenta años atrás, cuando entraba al salón la dama muerta cuarenta años atrás, de la que él, por supuesto, estaba enamorado.

El tercero, el de las ocho (duraban media hora) era decididamente para adultos. Era de amor, y actuaban todas las estrellas del día. De algún modo, esta novela desembocaba en la realidad plena, que las otras escamoteaban. Una prueba de ello, o lo que a mí me parecía una prueba, era su complicación. La realidad que yo conocía, la mía, no era complicada. Todo lo contrario, era simplísima. Era demasiado simple. A la Novela Lux no podría resumirla como hice con los dos radioteatros anteriores; no tenía mecanismo de base, era una pura complicación flotante. Había una circunstancia que garantizaba su complicación perpetua: todos amaban. No había personajes secundarios, de relleno. Era un radioteatro de amor, y todos amaban. Como pequeñas moléculas, todos extendían sus valencias de amor en el espacio, en el éter sonoro, y ninguno de esos bracitos anhelantes quedaba libre. Era tal el embrollo que se creaba una nueva simplicidad: el compacto. El espacio dejaba de ser vacío, poroso, intangible: se volvía roca de amor sólido. La simplicidad de mi vida, en cambio, era equivalente a la nada. Desde mi desamparo, el mensaje que me parecía oír en el "radioteatro de las estrellas" era que se llegaba a adulto para amar, y que sólo el multitudinario cielo nocturno podía hacer de la nada un todo, o por lo menos un algo.

Además de ésos, escuchábamos toda clase de programas: informativos, preguntas y respuestas, humorísticos, y por supuesto la música. Nicola Paone me subyugaba. Pero no hacía distingos: toda la música era mi favorita, por lo menos mientras la estaba oyendo. Hasta los tangos, que en general a los niños los aburren, a mí me gustaban. La música me resultaba maravillosa por el vigor con que se adueñaba de su presente, y expulsaba de él a todo lo demás. Cualquier melodía que escuchara me parecía la más hermosa del mundo, la mejor, la única. Era el instante llevado a su máxima potencia. Era una fascinación del presente, un hipnotismo (¡otro!). Me obstinaba en ponerlo a prueba cada vez; quería pensar en otras músicas, en otros ritmos, comparar, recordar, y no podía, estaba inundada por ese presente hecho música, presa en una cárcel de oro.

Hablando de música. Una vez, por Radio Belgrano, en un espacio fuera de programa, hubo una cantante que actuó por primera y única vez, y que mamá y yo escuchamos con la mayor atención y no poca perplejidad. Creo que en esa oportunidad la atención de mamá se puso a la altura de la mía. La mujer que cantó era lo más desafinado que se haya atrevido a cantar nunca, ni en broma. Nadie con tan poco sentido de lo que eran las notas ha llegado a terminar un compás; ella cantó cinco canciones enteras, boleros, o temas románticos, acompañada al piano. Quizás *era* una broma, no sé. Todo fue muy serio, el locutor la presentó con formalidad y leyó con voz lúgubre los nombres de las canciones entre una y otra... Era enigmático. Después siguieron con la programación habitual, sin más comentarios. Quizás era parienta del dueño de la radio, quizás pagó por su espacio para darse el gusto, o para cumplir una promesa, quién sabe. Cantar así, era como para avergonzarse de hacerlo a solas, bajo la ducha. Y ella cantó por la radio. Quizás era sorda, discapacitada, y lo suyo tenía mucho mérito (pero se olvidaron de decirlo). Quizás cantaba bien, y se puso nerviosa. Esto último es menos probable: era demasiado mala. Ni a propósito podría haber sido peor. Desafinaba en cada nota, no sólo en las difíciles. Era casi atonal... Es inexplicable. Lo inexplicable. Lo verdaderamente inexplicable no tiene otro santuario que los medios de comunicación masivos.

Pues bien, la presencia inexplicable de esta cantante en medio de mi memoria, en medio de la radio, en medio del universo, es lo más raro que contiene este libro. Lo más raro que me pasó. Lo único de lo que no estoy en condiciones de dar la razón. Y no porque mi propósito sea explicar el tejido de acontecimientos rarísimos que es mi vida, sino porque sospecho que en este caso la explicación existe, existe realmente, en algún lugar de la Argentina, en la mente de algún hijo, algún sobrino, algún testigo presencial... O ella misma, la Desafinada... quizás vive todavía, y recuerda, y si me está leyendo... Mi número está en la guía. Siempre tengo encendido el contestador automático, pero estoy al lado del teléfono. No tiene más que darse a conocer... No el nombre, por supuesto, que no me diría nada. Que cante. Unas notas nada más, cualquier pasaje, por breve que sea, de una de aquellas canciones, y con toda seguridad voy a reconocerla.

8

La radio me ayudó a vivir. La repetición que a veces se repetía y a veces no, me daba algo de vida, como un regalo sorpresa que yo desenvolvía loca de felicidad, en el momento en que el flujo sonoro decidía si iba a ser igual o diferente... Mi memoria exacerbada se aplacaba entonces... Ya no era como si empezara a vivir, con la crueldad rabiosa de un comienzo, sino como si siguiera viviendo...

No sé si mis lectores lo habrán notado, pero es un hecho que el tiempo siempre transporta otro tiempo, como suplemento. El tiempo de las repeticiones vivas de la radio traía consigo otro: el tiempo que pasaba. El palanquín llevaba al elefante. Y transcurría de veras, lento y majestuoso. En él, la catástrofe se revelaba posibilidad de catástrofe, y quedaba atrás. Me daba la impresión de que ya no habría más catástrofes en mi vida: yo tendría vida, igual que todo el mundo, y miraría las catástrofes desde la altura de la existencia del tiempo... Los hechos parecían darme la razón. En la escuela la maestra seguía ignorándome, y eso estaba bien. A la cárcel mamá no volvió a llevarme. De salud, bien. La simplicidad de mi vida no me angustiaba. Una cierta paz se había hecho en mí. Descubría que el tiempo, el tiempo extenso hecho de días y semanas y meses, ya no de instantes horrendos, actuaba a mi favor. Que fuera el único que lo hacía no me preocupaba. Lo encontraba suficiente. Me aferré al tiempo; y consiguientemente a la pedagogía, la única actividad humana que pone al tiempo de nuestra parte.

De ahí que haya caído en algo, por una vez, característico de una niña de mi edad, como es la identificación con la maestra. Todas las niñas pasan por esa etapa, y por esa actividad casi febril de darle clase a sus muñecas o a los niños imaginarios que las habitan. Qué ridículo, que quien nada sabe se ponga a enseñar con tanto ahínco. Pero qué ridículo sublime. Qué catecismos de dogma didáctico salvaje están esperando ahí al observador sagaz. Qué moral de la acción.

Como yo no tenía muñecas, tuve que atenerme a los niños mentales. Como no los tenía inventados, me ocupé de niños reales, a los que recreaba fantásticamente en la imaginación. Eran mis compañeros de grado; no conocía otros, y éstos se hallaban en la posición ideal, ya que no los conocía fuera de la escuela. Para mí, eran escolares absolutos. Por un lujo lúdico, les di personalidades retorcidas, difíciles, barrocas. Todos sufrían de complicadas dislexias, cada uno la suya. Maestra ideal, yo los trataba individualmente, a cada cual según sus necesidades, y exigía de cada cual según sus posibilidades.

Por ejemplo... Si quiero contar esto, debo ceñirme a ejemplos. Es un cambio de nivel, porque hasta ahora vine sorteando la lógica nefasta del ejemplo. Ahora lo hago por motivos de claridad, para después volver a lo mío. Por ejemplo, entonces, un chico tenía la particularidad disléxica de agrupar en cada palabra primero las vocales y después las consonantes; la palabra "consonantes" la escribía "ooaecnsnnts". Ése era un caso fácil. Otros fallaban en el dibujo de las letras, las hacían en espejo... El primer caso era plenamente fantástico, jamás se ha dado en un ser vivo; el segundo era más realista, pero por pura casualidad, por combinatoria. Yo no sabía lo que era la dislexia, ni la sufría ni tenía ningún compañero que la sufriese. La había reinventado por mi cuenta, para darle más sabor al juego. No sospechaba siquiera que en la realidad hubiera una enfermedad así, me habría sorprendido saberlo.

En el grado éramos cuarenta y dos (cuarenta y tres conmigo, pero a mí la maestra no me tomaba asistencia ni me dirigía la palabra ni me mencionaba nunca); eran cuarenta y dos en mi grado imaginario. Cuarenta y dos casos distintos. Cuarenta y dos novelas. Restar uno siquiera, para tener menos trabajo, me habría resultado inconcebible. Y era un trabajo titánico. Porque a cada dislexia, encima, le había dado una génesis familiar distinta y adecuada, en los términos algo delirantes en que yo me manejaba. Pero eso muestra una curiosa intuición en una niña de seis años. Por ejemplo, el chico que dibujaba las letras en espejo tenía un papá mujer y una mamá hombre. Lo cual, además, tenía efectos sobre su rendimiento escolar, ya porque tuviera que ayudar a su mamá a hacer la comida (su mamá era un hombre, por lo tanto no sabía cocinar), y por ello no tenía tiempo de hacer los deberes, ya porque la miseria en su hogar fuera excesiva (su papá era mujer, y fallaba en el mundo del trabajo) y entonces yo debía ocuparme de que la cooperadora lo proveyera de útiles. Y así cada uno de los otros cuarenta y uno. Era un infierno de complicaciones. Ninguna maestra real se habría embarcado en una tarea de ese porte.

Complicaba más todavía la situación la postura pedagógica inflexible que yo me había impuesto: la complicación no debía simplificarse nunca, sólo podía avanzar. La enseñanza para mí era un sistema, aunque laberíntico (por la cantidad de alumnos), unidireccional, de válvulas orientadas todas en el mismo sentido. Porque yo no me proponía de ningún modo corregir la dislexia de cada alumno. Quería enseñarles a leer y escribir en sus términos, cada cual con su sistema jeroglífico particular; sólo dentro de ese sistema se podía avanzar, por ejemplo, en el caso del que escribía en espejo, se podía empezar escribiendo en espejo la palabra "mamá" y terminar escribiendo, en espejo, un libro de mil páginas, un diccionario, todo. Es que en realidad yo no había inventado enfermedades, sino sistemas de dificultad. No estaban destinados a la curación sino al desarrollo. "Dislexia" es un término que uso ahora, por una similitud puramente formal que he encontrado; y para hacerme entender.

De modo que yo hacía un dictado (mental, imaginario, por supuesto), después pedía los cuadernos (también imaginarios) para corregir, y con esa honestidad absoluta que sólo se da en los niños que juegan, me hacía cargo concienzudamente de cuarenta y dos discursos jeroglíficos que corregía cada uno según su regla única e intransferible.

Como si esto fuera poco, había tenido que hacer equivalencias lo más adecuadas posibles entre cada dislexia y el rendimiento del alumno en otras materias que no fueran Idioma Nacional: en Matemáticas, Desenvolvimiento, Dibujo, etcétera. Para seguir con el ejemplo más fácil (los había completísimos), el de la escritura en espejo: ese chico las cuentas las hacía no sólo con los números dibujados al revés sino con los resultados también invertidos, de modo que dos más dos le daba cero, y dos menos dos cuatro: los criollos pedían Cabildo Cerrado, Colón descubría Europa, el fruto venía antes que la flor; los dibujos, era cuestión de imaginármelos.

Debía imaginármelo todo, porque daba mis clases sin escenificación, sin elementos materiales, sin un papel siquiera para ir apuntando (en mi estado precario de aprendizaje, por otro lado, escribía tan lento que no era cosa de andar tomando notas deprisa, como un taquígrafo; y debía ir rápido para avanzar algo, con tantísimos alumnos). Lo hacía inmóvil, concentradísima, los ojos abiertos, escuchando la radio con algún resto de conciencia. Mi castillo de naipes siempre estaba a punto de derrumbarse, la menor distracción me haría perder el hilo para siempre. Un esquema habría sido mi salvación. Aprendí a añorar el esquema. Si hubiera podido jugar en voz alta habría sido menos difícil, pero no lo hacía, porque en el secreto estaba la estética del juego. De modo que mamá nunca supo que yo estaba dando clases. Quién sabe qué creería al verme paralizada, tensa como un mármol...

Me vi obligada a emplear un arte de la memoria. Mi memoria era perfecta, pero no bastaba. Me las había arreglado para necesitar algo más. Necesitaba un método, y utilicé la imagen de mi aula en su momento de plena ocupación. Para hacer imagen debía tener las figuras en silencio. Ahora bien, en el aula, y supongo que será igual en cualquier aula de cuarenta y dos chicos (yo no me cuento) de seis años, eran muy escasos los momentos en que todos ocupaban sus bancos y se quedaban en silencio. Había un solo momento así: cuando la señorita tomaba asistencia. Era una letanía de nombres, el apellido primero, el nombre de pila después –faltaba yo, que debería haber estado segundo, entre Abate y Artola. Repetida todos los días en el mismo orden, me la había aprendido de memoria. Y estaba fundida, como el audio de una imagen, al recuerdo utilizable mnemotécnicamente de toda el aula en su lugar... Lamentablemente, esa fusión me impedía usar la imagen tal como la tenía almacenada. Porque el orden sonoro de los niños, que era el alfabético, no coincidía con el de las ubicaciones. Eso me obligaba a un penoso zigzag, eran dos órdenes sobreimpresos...

Este entretenimiento me absorbía. Me absorbía tanto

que llegó a producirme placer, el primero extenso y manipulable que yo experimentara en mi vida. Era un placer doloroso, casi abrumador, pero así era yo. Y no tardó en sublimarse, en trascenderse... Un poco al margen de mi voluntad creó un suplemento sobre el que se lanzó mi imaginación con una avidez loca. Trascendí la escuela. Empecé a dar instrucciones. Instrucciones de todo, de vida. Se las daba a nadie, a seres impalpables que había dentro de mi personalidad, que ni siquiera tomaban formas imaginarias. Eran nadie y eran todos.

Las instrucciones que yo daba se referían a cualquier cosa. A algo que estuviera haciendo, en principio, pero también a otras actividades que no hacía ni iba a hacer jamás (por ejemplo trepar a una montaña) y sobre las cuales sin embargo especificaba los detalles más mínimos. Pero la base, el modelo, el grueso de mis instrucciones, se refería a lo que yo estaba haciendo en ese momento. A tal punto que mis actividades se duplicaban en las instrucciones para llevarlas a cabo, actividades e instrucciones eran una misma cosa. Caminaba, y lo hacía explicándole a un discípulo fantasmal cómo era que se caminaba, cómo se debía caminar... No era tan simple como parecía, nada lo era... Porque la verdadera eficacia era una elegancia, y la elegancia dependía de un saber minuciosamente detallado, caprichoso de tan detallado, una idiosincrasia esotérica que sólo yo estaba en condiciones de transmitirle a... nadie, no sabía a quién, quizás a alguien. El juego invadía toda mi vida. Cómo sostener el tenedor, cómo llevárselo a la boca, cómo beber un sorbo de agua, cómo mirar por la ventana, cómo abrir una puerta, cómo cerrarla, cómo encender la luz, cómo atarse los zapatos... Todo acompañado de un flujo incesante de palabras, "hágalo así... nunca lo haga así... una vez yo lo hice así... tenga la precaución de... hay gente que prefiere... de este modo los resultados no son tan..." Era un discurso rápido, muy rápido, no disponía de ninguna lentitud en la que refugiarme porque la velocidad justa era parte esencial de la corrección, y yo estaba dando el ejemplo. Y además eran tantas las actividades sobre las que debía instruir... eran todas... algunas simultáneas, lanzar una mirada ligeramente a la derecha y algo arriba del horizonte, controlando el movimiento de la pupila, de la cabeza (¡y había que tener algún pensamiento adecuado y elegante como acompañamiento de esa mirada, sin lo cual no valía nada!), al mismo tiempo que se recogía una piedrita, con el gesto preciso de los dedos... Cómo usar los cubiertos, cómo ponerse el pantalón, cómo tragar saliva. Cómo estar quieto, cómo estar sentado en una silla, ¡cómo respirar! Hacía yoga sin saberlo, ultrayoga... Pero para mí no era un ejercicio: era una clase, daba por supuesto que yo ya lo sabía todo, ya lo dominaba... Por eso debía enseñar... Y en realidad lo sabía, cómo no iba a saberlo si era la vida en todo su despliegue espontáneo. Aunque lo principal no era saberlo, ni siquiera hacerlo, sino explicarlo, desplegarlo como saber... Y tan curiosos son los mecanismos de la mente y el lenguaje, que a veces me descubría dándome las instrucciones a mí misma.

9

Mi mamá era mi mejor amiga. Pero no por una elección que me definiera, ni por una elección de cualquier otro tipo, sino por necesidad. Estábamos solas, aisladas, ¿qué nos quedaba sino tenernos la una a la otra? En esos casos la necesidad se hace virtud, y no es menos virtud por eso. Ni menos necesidad. La nuestra no era profunda, no tenía raíces o concomitancias. Era una necesidad casual, de momento. Difícilmente podría encontrarse dos seres con menos afinidades que nosotras dos. Ni siquiera éramos opuestos complementarios, porque nos parecíamos. Ella también era una soñadora. Habría preferido ocultármelo, pero lo descubrí por alguna señal mínima. Las personalidades secretas se revelan en lo furtivo, y eso era lo que yo captaba antes que nada, de modo que la pobre mamá no tuvo ninguna chance de hacerse imperceptible conmigo. Mis ojos horadantes de monstruo impedían que ningún ser vivo se mimetizara con mi vida.

Aun así, tuve un amigo, ese año. Un niño, un vecinito, con el que solía jugar, un amigo en el sentido corriente de la palabra... Un poco más, y yo me volvía una niña corriente en el sentido corriente de la palabra (de la palabra, "corriente"). Pero no, no es para tanto. La historia de mi amistad con Arturo Carrera es de lo más peculiar.

Vivíamos, como creo haberlo dicho ya, en un inquilinato ruinoso en los arrabales de Rosario, del lado del río. Ocupábamos una pieza, por casualidad no de las peores, del piso alto. En marcado contraste con lo que suele pasar en tales lugares, no había casi niños. Los dueños no los admitían. Conmigo habían hecho una excepción porque no tenía hermanos, porque mamá estaba desesperada, y sobre todo porque les dijo que yo era retrasada mental, cosa que mi aspecto hacía tan verosímil. La excepción de la que se había beneficiado Arturo Carrera era más complicada, y nunca he intentado explicármela. (Pero es la clave de todo.)

Era huérfano de padre y madre, y no tenía otro pariente vivo que su abuelita, que a su vez no lo tenía más que a él. El mismo caso que mamá y yo, pero mucho más acentuado: nosotras estábamos momentáneamente solas en Rosario, ellos lo estaban definitivamente, en el mundo. Su relación además era muy diferente de la nuestra, como ellos eran distintos de nosotras. La abuela era viejísima, pequeñita como un niño, pelo blanco, vestido negro: hablaba en dialecto siciliano y el único que la entendía era su nieto. No obstante, salía sola a hacer las compras, y hablaba con todos los vecinos. No sé cómo se las arreglaba.

Arturito por su parte era muy bajo para su edad; tenía siete años, uno más que yo, pero no me llegaba al hombro; y yo no era alta. Era muy pálido, ceroso, rubio, se peinaba con gomina. En la ropa sobre todo se notaba que no tenía madre ni padre ni tías ni nada. Cualquier adulto razonable lo habría hecho vestir de un modo más adecuado a su edad. Como no era así, hacía su capricho. Usaba trajes, con camisa blanca almidonada, gemelos, corbata, a veces los trajes eran de tres piezas, con chaleco, o bien sacos sport a cuadros, pantalones de franela gris, mocasines color guinda muy lustrados. Parecía un enano. El gusto con que elegía telas y cortes era deplorable, pero eso era lo de menos, habida cuenta de su fantástica inadecuación. Con todo, debe decirse que no llamaba demasiado la atención. Quizás la gente del inquilinato y del barrio se había habituado. Quizás ese atuendo ridículo era lo que más sentaba a su tipo. Era un chico con personalidad, eso no podía negarse. Lo inadecuado parecía ser el precio justo de la personalidad. Yo en cambio no tenía personalidad. Estaba dispuesta a pagar el precio, pero no se me ocurría cuál podía ser. Imitar a Arturito, además de ser materialmente imposible, no me habría servido de nada, pero no tenía otro modelo. Entonces renunciaba a imitarlo, renunciaba a tener personalidad, y adivinaba oscuramente que en la renuncia estaba mi única posibilidad de ser alguien. Llegué a angustiarme. Me miraba al espejo y no me encontraba un solo rasgo por el que se me pudiera reconocer. Era invisible. Era la niña-masa. Habría cambiado sin vacilar mis lindos rasgos armoniosos por la nariz de Arturito...

Porque para terminar su retrato me faltaba mencionar el rasgo más notable, la desmesurada nariz ganchuda que tenía, tan pero tan grande que le daba su forma a todo el rostro, lo proyectaba hacia adelante. Otra característica notable: la voz. O mejor dicho, la manera de hablar, como si le hubieran inflado la boca con gas o le hubieran metido una papa caliente. Le daba una afectación medio oligárquica, indescriptible pero no inimitable. Nada es inimitable.

Arturito se consideraba rico. Se creía un heredero. Vástago final y único de una familia de acomodados estancieros, la lógica le decía que en él se acumularían las propiedades, las rentas... No había nada de eso. Eran pobrísimos. Sobrevivían a duras penas con unos trabajitos de costura que hacía la abuela, que se arruinaba con los gastos de sastrería del nieto. Era extraño que él persistiera tan inconmovible en su delirio, cuando ella no hablaba más que de plata y de la miseria y del temor de dejar en la mendicidad a su nieto si ella moría... Es cierto que eso lo decía en su dialecto, y nadie más que él lo entendía. Pero justamente si entendía, ¿cómo no entendía el significado, lo que le concernía, es decir, que no era rico? La oía como quien oye llover. Como si ella se quejara para otros, pour la galerie, ¡para los que no podían entenderla!

A pesar de estas peculiaridades, o a causa de ellas, Arturito era un niño feliz, un niño típico (o sea: de los que no existen), libre de los rasgos atormentados de la infancia de la clase media, de la que yo era un exponente tan acusado. No tenía preocupaciones. Era popularísimo en la escuela, propulsor de todas las modas, sociable, triunfante. Sólo la circunstancia de que viviéramos en la misma casa lo acercó a mí, de otro modo yo jamás habría tenido acceso a su círculo dorado. Se hizo mi protector, mi agente, siempre poniendo por las nubes mi inteligencia. Era de una cortesía loca, como todo lo suyo. Toda ocasión le era buena para poner en relieve mis virtudes, lo alto que me elevaba mi intelecto por encima de él... Y quizás acertaba sin saberlo. Por lo pronto, yo reservaba mi interioridad, mientras él ponía la suya a la vista. Ocultar algo es tener algo que ocultar. Yo no lo tenía, pero ocultaba, asomaba al mundo como quien viene de enterrar un tesoro. Ya mi asombro ante el azar que me había hecho la amiga más íntima del chico más popular de la escuela era un ocultamiento. Por lo pronto, me cuidé de ocultárselo a Arturito. Y además, no tomé lecciones de elegancia de él. En eso no me servía. La elegancia alucinada de la que yo era suprema instructora siguió intacta en mí, sin tomar nada de él ni de nadie. Arturito en ese sentido representaba otra esfera, la de la riqueza... Su alucinación coloreaba la mía... Ser rico era pasar de largo, ir más allá de la elegancia, de la precisión, de la finura: la riqueza conducía a una vida en bloque, radiante y compacta, pero sin los claros-curos, los pequeños movimientos diferenciales, que eran el motivo de mi vida. De modo que, sin proponérmelo realmente, sin maldad, me oculté enteramente de Arturito. Le oculté una pequeña parte de mí, y esa parte ocultó el resto... Traicioné la única amistad que pude haber tenido... No sé cómo pude hacerlo. O quizás lo sé. Es como si me hubiera puesto una máscara, para salvaguardar detrás de ella los giros de un sujeto sin límites.

Una de las fantasías más arraigadas en Arturito era la de las fiestas de disfraz, grandes mascaradas que daba para sus innumerables amistades todos los años, para Carnaval. Sonaba como un disparate, pero hablaba de ellas con la más inquebrantable certeza, y era inagotable en anécdotas de sus fiestas de carnavales anteriores. Mamá y yo habíamos ido a vivir al inquilinato poco después del Carnaval (muy poco después), y faltaba bastante para el próximo, así que yo no tenía forma de saber si esos relatos tenían algún asidero o no. Para Arturito una fiesta de disfraces era un sine qua non de la vida. Él mismo parecía siempre disfrazado, con sus trajecitos. Aunque apenas apuntaba la primavera, ya estaba pensando su disfraz para la fiesta que daría en el próximo carnaval, a la que yo estaba invitada desde ya... si es que me dignaba asistir, si le hacía el honor, si condescendía a divertirme un rato con esas frivolidades tan por debajo de mi nivel...

Yo no lo encontraba muy imaginativo. No lo era, en comparación conmigo. Era demasiado imaginativo, también aquí se pasaba un poco (para mi gusto) y quedaba en una especie de niebla radiante en la que se podía ser feliz, siendo demasiado imaginativo, es decir rico, aristocrático, despreocupado, pero se perdía el vigor creativo de la imaginación. Se le había ocurrido que usaría un disfraz de Astrónomo, y de ahí no lo sacaban. No podía precisar nada en cuanto a los contenidos: para él era sólo una palabra, "astrónomo", y algunas cosas anexas subyugantes y "hermosísimas" (una palabra muy suya) como las estrellas, las constelaciones, las galaxias...

Pero cuando me preguntaba de qué iría yo, yo que era mil veces más rica en imaginación que él, no atinaba a decirle nada.

Entonces quiso colaborar. Era una tarde, después de la escuela, antes de los radioteatros. Estábamos en el patio del inquilinato, y reinaba uno de esos silencios muertos que sólo los niños, viajeros a lo más profundo del día, pueden tener alrededor. Me dijo que tenía algo que podía servirme, algo que si bien no era un disfraz, podía darme una punta, un comienzo... Se escabulló adentro de su pieza. El silencio persistía. No se oyó a la abuela... Había ese silencio de cuando todos se han dormido al mismo tiempo, pero no era la hora de la siesta: era una casualidad. Sentí una inquietud, un desasosiego; Arturito era tan impulsivo, entendía tan poco del mundo fuera de él... ¿con qué se aparecería? Podía ofenderme sin quererlo. Tuve un escozor de alarma que no duró mucho. Confiaba en mi impasibilidad, que era sobrenatural.

No había de qué preocuparse. Lo que trajo era una nariz de cartón. La había usado para una de las bromas que estaba haciendo siempre... Su filosofía primera y última era que una vida social intensa exigía mucho consumo de humor, por lo menos humor como lo entendía él, humor bromista, que dejara un recuerdo risueño. Era nada más que una nariz, enorme eso sí, con una gomita para ajustársela... Una nariz grande como la de él, más grande... pero con la misma forma... Tuve una erupción de entusiasmo, tan infantil. ¿Era para mí? Eso ni se preguntaba. Arturito era la mar de desprendido, a veces. A veces era maniáticamente avaro. Era tan contradictorio. Me la puso él mismo.

No porque me considerara torpe... Me sabía poco habituada a gestos mundanos, pero por la superioridad que me atribuía. Me iba perfecta. Me miró y me dijo que ya estaba a medias disfrazada. Tenía el embrión, la gayadura del disfraz, lo demás era suplementario... Un vestido viejo de mi mamá... De pronto él también estaba entusiasmado, o ya lo estaba de antes... Pero su entusiasmo empezaba a curvarse sobre él... yo ya me lo veía venir. Teníamos seis y siete años, nos dominaba la urgencia... Era como si la fiesta fuera esa misma noche... El silencio sobrenatural que reinaba en la casa había anulado el tiempo. Arturito tuvo una idea y volvió corriendo a su pieza... Volvió castañeteando algo en la mano. Era la dentadura de porcelana de la abuela. No me asombró que se la hubiera podido robar, la anciana no la usaba permanentemente... El tac tac que venía sacándole resonaba en el silencio, en el mismo silencio, en el que todo podía robarse... Era lo que correspondía después de la nariz: la dentadura. Quiso que me la probara... pero por supuesto me negué... Yo jamás me metería en la boca eso, era obsesiva de todo lo chupado... Se la puso él, lo deformaba, sobre todo al reírse... Me imaginé lo que seguía: ahora querría la nariz... Me llevé las manos a la cara para protegerla, en un gesto instintivo. Tuvo la inocencia de mentar al Astrónomo, quería ser el Astrónomo con dentadura y nariz... Si me la hubiera pedido se la habría devuelto sin vacilar... Pero no, hubo una segunda curvatura, su generosidad se imponía y al mismo tiempo se trascendía... Le pondría un hilo a la dentadura y me la colgaría del cuello, sería Caníbal... O mejor... la nariz colgada del cuello, la dentadura como hebilla del pelo... o una nariz superfetatoria en el pecho, la dentadura en la axila... Hubo un instante de combinatoria absoluta, de ir y venir por mi cuerpo... nariz y dentadura... Era inevitable que se le ocurriera... quizás se me ocurrió a mí un momento antes, eso nunca se sabe, es casi objetivo... La nariz debía ir sobre mi nariz, no podía haber otro sitio... Y la dentadura mordiéndola... Era el disfraz completo, sin más: la niña mordida por el fantasma... Gracias al fantasma, no importaba que el Carnaval fuera seis meses después, hendía todo el tiempo... La aplicó mordiendo, en un ángulo perfecto... Hay improvisaciones que valen todo el arte... hincó los dientes en el cartón, sin sacarme la nariz... Me preocupaba que estuviera estropeando su nariz de cartón, pero Arturito más que generoso era sacrificial, no le importaba destruir sus cosas, si era por reírse, por pasarla bien, a lo rico... Esos dientecitos de porcelana parecían de rata, afilados... Yo no sabía que eran de porcelana, creía que eran de un muerto, creía que las dentaduras postizas se hacían con dientes de muerto; hay mucha gente que lo cree... Atravesaron el cartón... Arturito se reía hasta el llanto, trabajaba sobre mí con esa torpeza hábil... Yo quería mirarme a un espejo... aunque en realidad no lo necesitaba, podía verme en los ojitos grises de mi amigo... era fenomenal... la niña que había sido mordida por un fantasma... Pero en su pasión, en la pasión por el disfraz que dominaba su vida, Arturito fue demasiado lejos. Apretó demasiado. La pinza de dientes, de dientes que se revelaban de pronto como horribles dientes de muerto, se clavó en mi nariz... Porque abajo de la narizota de Arturito (la de cartón) yo tenía mi nariz, la verdadera... No fue tanto el dolor como la sorpresa... Me había olvidado de mi carne, y la recordé con terror, mordida, asfixiada... Di un grito escalofriante... Estaba segura de que me había mutilado, ahora sería un monstruo, una calavera... Arturito dio un paso atrás asustado. Mi expresión le heló la sangre en las venas... nunca se olvidaría de eso... pero como anécdota chistosa, una más, de las tantas que tenía, quizás la mejor, la más graciosa... aunque por el momento no entendía... Me vio, y yo me vi en sus ojos espantados, extraerme de sus manos retorciéndome y salir corriendo, llorando y gritando... a toda velocidad, despavorida... ¿Adónde iba? ¿Adónde huía? ¡Si lo supiera! Huía de las bromas, del humor, de las anécdotas futuras... huía de la amistad, y no con desdén o para ir a hacer algo más importante, como creía el ingenuo de Arturito: era sólo el horror el que le daba alas a mis pies, el horror más sombrío.

Todas las cosas que habían ocurrido, habían contribuido a hacer pasar el tiempo. De pronto yo, que no advertía nada, sentía que el aire cambiaba de consistencia, que hacía menos frío, que los días eran más largos... Llegaba la primavera. Era como si el año quedara atrás, y al hacerlo se fundiera en un bloque muerto, extraño a mí. Secretaba todas las pequeñas diferencias, los movimientos, temblores, pensamientos, los expulsaba a todos del presente, donde yo palpaba una novedad un poco salvaje que me embriagaba. No es que me dejara llevar por el optimismo –mi experiencia era demasiado unilateral para eso, y de todos modos no habría sido mi estilo. Era más bien la percepción de un ciclo, pero como mi vida, podía decirse, había empezado ese otoño, poco después de nuestra llegada a Rosario, no veía el cielo en su repetición sino en su línea recta. En una palabra, creí que las cosas estaban por cambiar.

¿Y por qué no iban a cambiar, si el mundo cambiaba a mi alrededor, y yo misma cambiaba también? La escuela ya no me llamaba la atención, la ausencia de papá tampoco, el juego de la maestra tampoco, la radio tampoco, Arturito tampoco. Era como si todo se gastara y se hiciera transparente... Y yo me aferraba a la transparencia, pero sin angustia, sin dolor, como si no fuera aferrarme sino atravesarla, como un pájaro. Sentía el anhelo de espacios abiertos, como los había vivido en Pringles: aunque yo no tenía recuerdos de Pringles; una amnesia completa me separaba de mi vida anterior a Rosario, que había sido la invención de mi memoria. Pero los espacios de Pringles no eran un recuerdo. Eran un deseo, una especie de felicidad, que podía estar en cualquier lado: todo lo que tenía que hacer era abrir los ojos, extender la mano...

Ese espacio, esa felicidad, tenía un color: el rosa. El rosa de los cielos al atardecer, el rosa gigante, transparente, lejano, que representaba mi vida con el gesto absurdo de aparecer. Yo era gigante, transparente, lejana, y representaba al cielo con el gesto absurdo de vivir. Mi vida era mi pintura. Vivir era colorearme, con el rosa de la luz suspendida, inexplicable...

En nuestro barrio las casas eran bajas, las calles anchas, los espectáculos celestes estaban al alcance de la mano. Mamá empezó a dejarme ir sola a la escuela, que estaba a cuatro cuadras. Yo hacía lento y difuso el trayecto, sobre todo al regreso, cuando se desplegaba el crepúsculo. Me ganaba la libertad, el vagabundeo. Descubría la ciudad... Sin entrar en ella, claro está, limitándome a mi rincón marginal... La adivinaba desde allá, sobre todo desde el río, al que todos los días le echaba una mirada, porque estábamos cerca y siempre había una oportunidad. Por supuesto, no me perdía ocasión de salir. La acompañaba a mamá cada vez que salía... En realidad, siempre la había acompañado, ella no se atrevía a dejarme sola en la pieza, quién sabe con qué temores. Pero ahora yo había inventado un modo de acompañarla que me encantaba. A mí todo lo que me gustaba se me volvía un vicio, una manía. No conocía términos medios. Mamá tuvo que resignarse, aunque le causaba toda clase de problemas e inquietudes. Lo que yo hacía eran las "persecuciones". La dejaba adelantarse, cien metros más o menos, y me escondía, y la iba siguiendo escondida, yendo de un árbol a otro, de un zaguán a otro... Me escondía (por puro gusto de ficción, ya que ella, hastiada, había terminado por no darse vuelta a mirarme) detrás de cualquier cosa que me cubriera, un auto estacionado, un poste de luz, algún peatón... Cuando ella doblaba, yo corría hasta la esquina y la espiaba, la dejaba alejar, acechaba la ocasión de ganar terreno oculta... Si la veía entrar a un negocio, esperaba escondida, la vista fija en la puerta... Cuando llegaba de vuelta a casa, era un anticlímax. Me quedaba media hora en la esquina para ver si volvía a salir, al fin entraba, y las más de las veces recibía un bife, mis estrategias la ponían nerviosa, y no era para menos. Casi siempre la perdía. Me pasaba de lista, lo hacía más difícil de lo que debía ser, y la distancia que nos separaba ya no era ni poca ni mucha, porque había desaparecido. Entonces volvía a casa, me escondía en el zaguán, no sabía si había vuelto o no... y ella a veces tenía que interrumpir sus compras para volver, cuando se le hacía evidente que yo no la estaba siguiendo... Entonces me daba un bife y volvía a partir pero arrastrándome de la mano, que apretaba hasta hacerme crujir los huesos... Yo era incorregible. El juego era mi libertad. Curiosamente, mientras lo practicaba nunca me daba mis famosas instrucciones mentales, aunque esa actividad era ideal para ellas... Es que las persecuciones ya eran instrucciones en sí, eran mapas, eran ciudad... Mamá no salía de un radio muy limitado alrededor de nuestra morada, siempre las mismas calles, los mismos recorridos, el almacén, la carnicería, la pescadería, la verdulería... No había peligro de que yo me perdiera. La perdía a ella, siempre, tarde o temprano, pero no me perdía yo. Aunque ella no renunciaba al temor de que me extraviara. Y no podría habernos extrañado que sucediera. No sé cómo no me perdí nunca.

Lo que no me explicaba yo misma era cómo podía perderla, cómo se podía hurtar a mi tenaz y lúcida persecución; cuando lo pensaba, me parecía la faena más simple del mundo. En mi subconciente sabía bien que lo último que quería mamá era que yo la perdiera de vista. Sólo en mi juego era una astuta delincuente que advertía que la sutil detective la estaba siguiendo, y la desorientaba, o trataba de hacerlo, con maniobras sagaces... La pobre mamá me habría llevado con una correa. Pero, incapaz de impedir que yo me demorase y me escondiera en un zaguán esperando tenerla a cierta distancia, lo único que pedía era que yo no la perdiera de vista... Si por ella fuera, habría ido dejando un reguero de miguitas o botones, o se habría hecho fosforescente o habría llevado una bandera en alto, para que la idiota de su hija no la perdiera otra vez... Pero no podía. No podía ponerse demasiado en evidencia, porque eso habría significado entrar en mi juego; habría sido fácil para ella, caminar despacio por el medio de la vereda, bien visible, detenerse un minuto en todas las esquinas, hacer lo mismo en la puerta de los negocios donde iba a entrar... Así estaría segura de que yo seguía atrás. Pero no podía entrar en mi juego, no era que no quisiera sino que no podía, era casi una cuestión de vida o muerte, no podía entrar en mi juego, no podía darme esa importancia. Y mucho menos podía hacérmelo deliberadamente difícil, ocultarse, librarse de mí de entrada nomás, eso no habría ofrecido dificultades, qué va, pero era doblemente imposible, porque ahí intervenían sus sentimientos maternales, su preocupación. Lo único que le quedaba era actuar con naturalidad, hacer sus compras como las haría si fuera sola, como si no la siguiera nadie... ¡Pero tampoco podía! Eso menos que lo otro. ¿Cómo iba a poder, si tenía en las espaldas mi mirada, si sabía perfectamente que yo venía cien metros atrás, oculta detrás de un perro, de un tacho de basura? ¿Qué le quedaba entonces? Se veía obligada a una combinación de las tres imposibilidades, negándose siempre a cualquiera de ellas y rebotando de una a otra...

Envalentonada por mis fracasos (¡que otros se envalentonaran por sus triunfos!) empecé a hacerlo más difícil. En vez de cien metros de distancia, ponía doscientos. Directamente la perdía de vista de entrada. Ya no era una persecución visual, era adivinatorio. La influencia de mis instrucciones, que habían terminado por modelar mi relación con el mundo, me hizo avanzar en ese sentido, y debía hacerlo todo en un extremo de sutileza y eficacia... Que fallara era secundario. El imperativo estaba antes. Además, de ese modo el sentimiento de cacería era más fuerte, más intenso... A partir de ahí, hubo una vuelta de tuerca. Cuando perdía de vista a mamá, y me ocupaba cada vez más de que eso sucediera al comienzo del paseo, empezaba a sentir que *yo* era perseguida.

Esa sensación fue creciendo de modo exponencial. Tuve la genial idea de comentárselo a mamá. Mi imprudencia era asombrosa. Al principio no me hizo caso, pero insistí justo lo necesario, antes de dar marcha atrás, para que se inquietara. Pasaban tantas cosas tan terribles... Me preguntaba si había visto al que me seguía, si era hombre o mujer, joven o viejo... Yo no sabía cómo decirle que estaba hablando de otra cosa, de sensaciones, de sutilezas, de "instrucciones".

–¡No salís más a la calle si no vas de mi mano!

Por aquel entonces la prensa amarilla se estaba haciendo un festín con los cadáveres exangües de niños de ambos sexos violados en los baldíos... Sin sangre en las venas. Era una ola de vampiros que cubría el país. Mamá era una mujer de pueblo, no demasiado ignorante (había hecho un año del secundario) pero crédula, simple... ¡Qué distintas éramos! Ella no sólo creía en las noticias de la prensa amarilla (si era por eso, yo también podía creerlas), sino que las aplicaba a su propia vida real... Ahí estaba nuestra diferencia clave, el abismo que nos separaba. Yo tenía una vida real totalmente separada de las creencias, de la realidad general conformada por las creencias compartidas...

Pues bien, una vez, en uno de esos trances... Yo había perdido completamente a mamá, y ya no sabía si seguir derecho, doblar, o directamente volver a casa, que estaba a dos cuadras nada más.

Y eso que acabábamos de salir, y mamá tardaría una buena media hora en volver, nerviosa, inquieta por mí, quizás sin poder terminar sus compras por mi culpa... Una desconocida me abordó:

—Hola, César.

Sabía mi nombre. Yo no conocía a nadie, nadie me conocía a mí. ¿De dónde había salido? Podía vivir en el inquilinato, o ser de alguno de los negocios donde mamá hacía las compras; para mí todas las señoras eran iguales, así que podía ser cualquiera, no me asombraba demasiado no reconocerla. Lo que sí era extrañísimo era que me dirigiera la palabra. Porque no se trataba sólo de quién era ella, sino, mucho más, de quién era yo. Tan convencida estaba de mi propia imperceptibilidad, de lo general y anodino de mis rasgos, que esto sólo podía aceptarlo como un milagro. Lo asocié con las marquitas que tenía en la nariz, a la que me llevé la mano.

—¿Qué te pasó en la naricita? —me preguntó sonriendo, interesada.

—Me mordieron —dije sin entrar en detalles, no porque no quisiera contarle toda la historia (me prometí llegar a eso) sino por cortesía, por no abrumarla, por ahorrarle tiempo.

–Qué barbaridad. ¿Fue un chico, un amiguito malo? ¿O un perrito?

Me irritó que insistiera. Mostraba no haber apreciado mi cortesía. Yo estaba apurada por pasar a otro tema, por aclarar la situación, para entonces sí, poder contarle la historia de la mordida con pelos y señales. Me encogí de hombros con una sonrisa que la impaciencia me hizo difícil producir.

Como si me hubiera leído el pensamiento, entró en materia.

–¿Te acordás de mí?

Asentí, con la misma sonrisa, ahora un poco más relajada, más encantadora. Ella se sobresaltó visiblemente, pero se controló de inmediato. Sonrió más todavía.

–¿Te acordás, en serio?

Yo había dicho que sí por pura cortesía, por reciprocidad, ya que ella sí me conocía.

Volví a asentir, pero ya el gesto tenía un sentido totalmente distinto. Este sentido se me escapaba en sus detalles, aunque los adivinaba oscuramente. Esa mujer en realidad no me conocía, me estaba mintiendo, era una secuestradora, una vampiro... La adivinación tiene un margen de incertidumbre. Y la cortesía, la cautela de cortesía, se proyectaba desde ese margen y lo invadía todo. Aun cuando yo hubiera creído en la realidad de los vampiros, les habría temido menos que a una ruptura de la situación. La cortesía era una fijación, un equilibrio. Para mí, la vida dependía de eso. Caer en manos de un vampiro no era peor. Además, yo no creía en los vampiros, y esta mujer no era un vampiro. De modo que al asentir, lo que quería decir era que la situación seguía como estaba.

–No, no te acordás, pero no importa. Soy amiga de tu mamá, pero hace mucho que no la veo. Nos conocíamos de Pringles... ¿Cómo está?

–Muy bien.

–¿Y don Tomás?

–Está preso.

–Sí, ya me había enterado.

Era una mujer común, morocha pero teñida de rubia, más bien baja, regordeta, muy arreglada...

Tenía algo de histérica, de alucinada. Eso yo lo sentía en la intensidad que tenía la escena. No era la manera natural de dirigirse a una niña encontrada por casualidad en la calle. Parecía como si hubiera ensayado, como si estuviera desarrollándose un drama fundamental para ella. No me alarmaba demasiado porque hay gente así, gente, sobre todo mujeres, que no jerarquiza los momentos y les da a todos la misma importancia trágica.

–¿Qué hacés solito en la calle? ¿Saliste a hacer un mandado?

–Sí.

Me miraba extrañada. Mis "sí" le rompían todos los esquemas. Entonces se jugó entera:

–¿Querés venir a mi casa? Yo vivo aquí nomás, te convido con unas masitas...

–No sé...

De pronto la realidad, la realidad del secuestro, bajaba. Y yo no estaba preparada para ella. No creía. Mi cortesía era mi idiotez. Por delicadeza, renunciaba a todo, hasta a la vida. El miedo que se apoderó de mí a partir de ese momento fue inmenso. Pero el miedo quedaba debajo de la delicadeza, ¿y no era siempre así? Menuda sorpresa me habría llevado en caso contrario.

–Después te llevo de vuelta a tu casa. Quiero saludarla a tu mamá, hace tanto que no la veo.

Esperó mi respuesta, con su intensidad multiplicada por mil.

–Ah, entonces sí –dije, teatral, exagerando mi buena voluntad. Era lo menos que podía hacer por ella, por agradecerle que se tomara el trabajo de allanar los obstáculos.

Me tomó de la mano y me arrastró ligerito hacia la avenida Brown. Hablaba todo el tiempo pero yo no la escuchaba. La angustia me ahogaba. Cuando me miraba, le sonreía. Me adaptaba a su paso, le apretaba la mano tanto como ella me la apretaba a mí. Pensaba que acentuando mi buena disposición volvía demasiado descabellada la hipótesis de un secuestro. En menos de lo que canta un gallo estuvimos a bordo de un colectivo, viajando por calles desconocidas. El colectivo iba medio vacío, pero ella hablaba para el público, me colmaba de mimos, me llamaba por mi nombre todo el tiempo, César, César, César. A mí me encantaba que pronunciaran mi nombre, era mi palabra favorita.

–¿Te acordás cuando eras chiquito, César, y yo te llevaba a tomar helados?

–Sí.

Mentía, mentía. ¡Yo no había tomado un helado en toda mi vida!

Yo entraba en la actuación, me adelantaba a ella, la esperaba... Llevé la cortesía al extremo directamente absurdo de suponer que me había confundido con otra chica, que se llamaba como yo, que había nacido en Pringles, que tenía a su papá preso... En ese caso, qué decepción se llevaría al enterarse de la verdad... incluso podría enojarse, porque mis "sí" se revelarían mentiras, excesos de cortesía.

Bajamos en un barrio lejano y desconocido, y caminamos un par de cuadras, siempre de la mano... Pero la actitud de ella se había resquebrajado, la locura que había tenido laboriosamente controlada subía a la superficie, teñida de violencia, de sarcasmo. Yo me sentía obligada a subrayar mi cortesía, contra un derrumbe inminente.

–¡Qué contenta se va a poner mamá cuando la vea!

–Sí. Contentísima.

–¡Qué lindo barrio!

–¿Te gusta, Cesitar?

–Sí.

¡Qué siniestra se había hecho su voz! Mi diagnóstico fue inapelable: esa mujer estaba loca. Sólo un loco podía renunciar a un status quo imaginario. Sólo un loco podía adoptar lo real de la realidad. Traté de no pensar que estaba en manos de una loca. Total, ¿qué podía hacerme?

Llegamos. Abrió con llave la puerta de una casa vieja. Cerró por dentro. La casa estaba semiabandonada. Siempre de la mano (no me había soltado en ningún momento, toda la maniobra de la llave y la puerta la realizó con la izquierda) me llevó por una galería, a través de unos cuartos oscuros, de prisa y sin hablar. Yo buscaba algo amable que decir, pero antes de encontrarlo ya estábamos en un salón al fondo de la casa. Encendió la luz, porque no había ventanas. Habíamos llegado. Me soltó y se apartó dos pasos caminando hacia atrás. Me miró con ojos llameantes.

Se sacaba la careta, mostraba la cara de bruja... Pero no era necesario, yo ya la había desenmascarado con mi cortesía. Ahora ella quería convencerme de lo contrario de lo que tanto se había esforzado, inútilmente, en hacerme creer. Había hecho un esfuerzo sobrehumano por convencerme de que era buena... Ahora quería convencerme de que era mala... La conversión no era tan fácil como creía. Mis maniobras habían neutralizado la creencia en las dos direcciones opuestas.

–¿Sabés quién soy?

Afirmación sonriente.

–¿Sabés quién soy, taradito?

Afirmación sonriente.

–¿Sabés quién soy, mocoso idiota? Soy la mujer del heladero que mató la bestia de tu padre. ¡La viuda! ¡*Ésa* soy!

–Ah –otra afirmación sonriente. Ni yo mismo podía creer en mi obstinación: todavía trataba de mantener la comedia. Dentro de todo, era lo más lógico. Si había llegado tan lejos, podía seguir indefinidamente.

–Hace meses que los vengo vigilando, a vos y a la mosca muerta de tu madre. ¡No se la van a llevar de arriba! ¡Ocho años le dieron a ese animal, nada más que ocho años! Y a mi pobrecito lo mató, lo mató...

En ese momento sin querer cometí la peor descortesía: sonreí, me encogí de hombros y dije:

–Yo no sé...

Yo sabía muy bien de qué se trataba. Sabía lo que era una venganza: creo que no sabía otra cosa. Pero la única posibilidad de persistir en mi tesitura cortés era hacerme la inocente, la ajena a todas esas cosas de adultos que yo no entendía. Quizás por saber que era mi última chance con la cortesía, en el gesto y las palabras confluyeron todas mis habilidades de actriz nata. Me salió perfecto. Ésa fue mi perdición. Cualquier otra cosa que hubiera dicho podría haberme salvado, ella podría haber recapacitado, podría haberse arrepentido de la horrenda vendetta que estaba por consumar... Después de todo era mujer, tenía corazón, podía conmoverse, yo era una niñita de seis años, toda inocencia, no era culpable de nada y ella en el fondo lo sabía... Pero mi "yo no sé" fue tan perfecto que la enloqueció del todo, la cegó. Mi sonrisa, todavía cortés, todavía "como usted diga, señora", era el fin del camino para ella. La despojaba de lo trágico, de la explicación, y en ese momento la explicación era lo único que le quedaba.

No dijo más. En el salón había una cantidad de trastos metálicos: los restos de la heladería. Lo tenía todo preparado. Encendió un motorcito (las conexiones eran precarias, esa instalación no debía servir más que para una sola ocasión) y por debajo de su zumbido se oyó el glu-glú de una crema que se batía. Echó una mirada adentro de un tambor de aluminio, tiró la tapa al suelo, apagó el motor... Metió la mano y la sacó cargada de helado de frutilla que le chorreaba entre los dedos...

–¿Te gusta?

Yo estaba paralizada, pero sentí los preparativos de mi autómata de madera para una última "afirmación sonriente", todavía... Eso era la cumbre del espanto... Por suerte no me dio tiempo. Saltó sobre mí, me levantó en vilo como a una muñeca... No me resistí, estaba dura... No se había limpiado la mano enchastrada de helado, que me traspasó la camisa a la altura de las axilas y me produjo una cosquilla de frío. Me llevó al tambor y me arrojó adentro de cabeza... era un tambor grande y yo era diminuta, y como la crema no estaba muy sólida logré girar hasta tocar con los pies en el fondo. Pero ella puso la tapa antes de que yo lograra asomar la cabeza, y la enroscó sobre la crema que rebalsaba. Contuve el aliento porque sabía que no podría respirar hundida en el helado... El frío me caló hasta los huesos... mi pequeño corazón palpitaba hasta estallar... Supe, yo que nunca había sabido nada en realidad, que eso era la muerte... Y tenía los ojos abiertos, por un extraño milagro veía el rosa que me mataba, lo veía luminoso, demasiado bello para soportarlo... debía de estar viéndolo no con los ojos sino con los nervios ópticos helados, helados de frutilla... Mis pulmones estallaron con un dolor estridente, mi corazón se contrajo por última vez y se detuvo... el cerebro, mi órgano más leal, persistió un instante más, apenas lo necesario para pensar que lo que me estaba pasando era la muerte, la muerte real...

26 de febrero de 1989

Cómo me hice monja

se terminó de imprimir
el 3 de septiembre de 2017
en Litográfica Ingramex S.A. de C.V.
Centeno 162-1, 09810 Ciudad de México

Colección Bolsillo Era

César Aira
Cómo me hice monja

Fernando Benítez
Los hongos alucinantes
En la tierra mágica del peyote

Nellie Campobello
Cartucho. Relatos de la lucha en el Norte de México

Laura Castellanos
México armado. 1943-1981

Arnaldo Córdova
La formación del poder político en México

Christopher Domínguez Michael
Profetas del pasado. Quince voces de la historiografía
        sobre México

Bolívar Echeverría
Modernidad y blanquitud

Juan García Ponce
La gaviota
Tajimara y otros cuentos eróticos

Adolfo Gilly
Felipe Ángeles en la Revolución (compilador)
Historia a contrapelo. Una constelación

Efraín Huerta
Transa poética. Angología personal

Franz Kafka
La metamorfosis

Friedrich Katz
De Díaz a Madero. Orígenes y estallido de la Revolución Mexicana

Friedrich Katz y Claudio Lomnitz
El Porfiriato y la Revolución en la historia de México.
Una conversación

Alfredo López Austin
El conejo en la cara de la luna
Las razones del mito. La cosmovisión mesoamericana

José Carlos Mariátegui
Siete ensayos de interpretación de la realidad peruana

Carlos Monsiváis
Amor perdido
El 68, la tradición de la resistencia
Entrada libre. Crónicas de la sociedad que se organiza
Los rituales del caos
Días de guardar
"No sin nosotros." Los días del temblor

Rafael F. Muñoz
Se llevaron el cañón para Bachimba
Vámonos con Pancho Villa

José Emilio Pacheco
Los días que no se nombran. Antología personal
La sangre de Medusa y otros cuentos marginales

Eduardo Antonio Parra
Ángeles, putas, santos y mártires

Octavio Paz
Un sol más vivo. Antología poética

Sergio Pitol
El arte de la fuga

Elena Poniatowska
De noche vienes
Hasta no verte Jesús mío
La noche de Tlatelolco
Las siete cabritas
Nada, nadie. Las voces del temblor
No den las gracias. La Colonia Rubén Jaramillo y el Güero Medrano

José Revueltas
Dios en la tierra
Dormir en tierra
El luto humano
Los errores
Los días terrenales
La palabra sagrada. Antología

Jorge Volpi
La imaginación y el poder. Una historia intelectual de 1968
La guerra y las palabras. Una historia intelectual de 1994